山田社

山田社

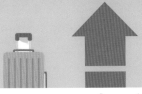

新版 日本語
旅遊日語
大爆發會話力
700句 & 100
套用句型

讓您成為旅遊中的
挖寶萬能王！

附贈
朗讀 QR Code

田中陽子、大山和佳子・林勝田◎合著

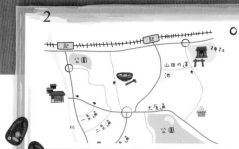

日本新地標晴空塔、世界遺產級的古蹟寺院巡禮之旅、探訪日劇《半澤直樹》在大阪拍攝的外景熱點、《小海女》在岩手縣的重要取景場所……老衲子想去啊!

我要去日本玩啦!

一 前言

熱烈感謝,親愛的讀者們!

因為有您們的熱情支持,

《日本語 旅遊日語:會話力 700 句 & 100 套用句型大爆發》已經成為旅行者的必備神器!

但我們沒有停下腳步!激動宣佈:「全新升級版」來啦!

想成為旅遊中的話題中心、朋友圈的焦點嗎?

我們的「新版」會是您的超級夥伴!

在旅行的叢林中,陌生的日本與語言不通就像棘手的關卡。

但別慌,這本全彩馬達的日語旅行祕笈,

讓您像尋寶王一樣,

解開挑戰,點亮希望,成就獨一無二的旅程!

日本旅遊中的痛點揭示:

★問路障礙:當您向日本人問路時,他們聽到英文就驚慌落跑。

★地鐵迷宮:地鐵路線錯綜複雜,是否也曾想找人問路?

★語言大雜燴:在日本傳統商店,您是否也曾和爺爺奶奶雞同鴨講?

★萌系衝擊:在女僕咖啡廳遇到超萌服務生,是否曾想趁亂表白?

是否曾在旅遊中感受到那種「話到嘴邊卻說不出」的無奈與迷茫呢?

就像那家充滿驚喜與歡樂,卻又略帶挑戰的便利店,這本全彩馬達的日語旅行祕笈,同樣藏著能在語言障礙中為您提供支援的祕密武器。

不論您是被日本的自然風情、人文特色、動漫文化吸引,還是垂涎於各地的獨特美食,會說日語絕對能讓您的旅行更上一層樓!

5 樣法寶,助您展開豐富冒險:

◇ 【700 會話＋ 100 個句型】暢遊日本,這幾句就夠啦!

◇ 簡短句型＋任意單字,兩步驟把日語變流暢!

◇ 9 大主題,30 種以上情境的會話,旅遊中的萬用急救包!

◇ 羅馬拼音,搭配精彩繽紛的版型,一入門就地道!

◇ 聽熟＋模仿,語感自然養成,開口驚艷眾人!

鑽研當地文化,與日本人暢所欲言,熱愛日本文化的您,像個旅遊尋寶王,不僅能在質感之旅中找到感動,更能打開各種驚奇的寶藏箱!

本書特色

◎【700 會話＋ 100 個句型】日本人的日常語錄，一把抓！

此外，我們也為您收集了常用的日語旅遊情境會話，只需學會這 700 句超實用的日語會話，您的日本自由行，或者與日本人打成一片，都將不再是夢想！

我們從日本人的日常生活中精選出 100 個關鍵句型，這就像您的語言變體組合拳，只需一點點的轉換，各種生活場景的對話就能輕鬆應對！一學就能換來 10 倍的對話技巧，讓您立刻躍升為日語交流的行家！

◎簡短句型，兩步驟搞定流暢日語！

本書精心設計了使用頻率高的簡短句型，不受場合限制，讓您能夠靈活地應用。只需要配合常用單字，兩步驟就能讓您迅速掌握流利、道地的日語，猶如找到了解鎖語言的神秘寶箱，讓您在旅行中成為尋寶王！

◎揭秘 9 大主題，30 種以上情境的會話，打敗旅行中的挑戰！

專為熱愛日本文化的您設計出 9 大主題、30 個以上旅行場景，就像是您的日語救生圈！從搭機到血拚，從遺失物品到看診，還有流行文化等等，應有盡有！宛如您的旅行 GPS，無論您身在何處，都能在書中找到對應場景，即使是突然忘記，都能隨翻隨到！

◎羅馬拼音，搭配精彩繽紛的版型，一開口就是地道日語！

我們細心地標注了羅馬拼音，即使是日語新手，也能迅速抓住日語的發音要領，像個日本人一樣自然流利地說出來！

此外，本書的版型活潑如雜誌，閱讀路線清晰，讓您隨時都能找到所需主題，並自然地瞭解其使用場景。只需邊看邊說，學習成效將超乎您的想像！

◎聽得入神，說得自然，開口讓人驚艷！

如果想提升聽力，就要讓嘴部肌肉練得更熟練。我們特地為您準備了可用手機掃描即聽的 QR 碼行動學習檔，讓您能追隨標準的東京腔調發音。

並配合書中的「羅馬拼音」。這樣您可以先讓您的耳朵熟悉日語的旋律，再讓嘴巴習慣說出流利的日語，不只能提升您的聽力反應速度，更能讓您在聽日語時毫無壓力！跟日本人交談，讓您的開場白就能驚艷全場！

這本書不只是日語的通行證，更是您的日本深度體驗的最佳伴侶！克服旅行中的挑戰，更進一步，透過語言的魔力，讓您與日本文化、日本人的距離越拉越近。

展開您的日語尋寶之旅，活用語言技巧，將每一場旅程轉化為深度文化交流的寶藏，從每次的對話中挖掘新的知識與體驗。

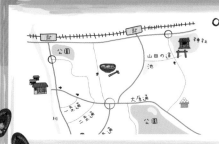

日本新地標晴空塔、世界遺產級的古蹟寺院巡禮之旅、探訪日劇《半澤直樹》在大阪拍攝的外景熱點、《小海女》在岩手縣的重要取景場所……看好了想去啊！

我要去日本玩啦！

目錄

MEMO

壹/

單元 萬用句型
實用日語

行前準備篇—立馬學會的萬用日語！

日本旅行の準備

句型　是 ＿＿＿＿＿ 。

名詞＋です。
desu

替換單字

林（姓） りん **林** rin	山田（姓） やまだ **山田** yamada
書 ほん **本** hon	脚踏車 じてんしゃ **自転車** jitensha

 我是田中。
たなか
田中です。
tanaka desu

 我是學生。
がくせい
学生です。
gakusee desu

句型　是 ＿＿＿＿＿ 。

數量＋です。
desu

替換單字

一千日圓 せんえん **1,000 円** sen-en	一個 ひと **一つ** hitotsu
一杯 いっぱい **1杯** ippai	兩支 にほん **2本** nihon

 500 日圓。
ごひゃくえん
500 円です。
gohyaku-en desu

 20 美金。
にじゅう
20 ドルです。
nijuu-doru desu

行前準備

正式起飛

旅宿時光

味蕾「趣」

私房路線

遊玩空間

血拚購物

看見日本

突發狀況

句型 ＿＿＿＿。

形容詞＋です。
desu

替換單字

冰冷	快樂
冷たい つめ tsumetai	楽しい たの tanoshii

快速	好吃
速い はや hayai	おいしい oishii

昂貴。
高いです。
たか
takai desu

寒冷。
寒いです。
さむ
samui desu

句型 ＿＿＿＿ 是 ＿＿＿＿。

名詞＋は＋名詞＋です。
wa　　　　　desu

替換單字

他／美國人
彼／アメリカ人 かれ　じん kare　amerika-jin

那／大象	姊姊／模特兒
あれ／象 ぞう are　zoo	姉／モデル あね ane　moderu

我是學生。
私は学生です。
わたし　がくせい
watashi wa gakusee desu

這是麵包。
これはパンです。
kore wa pan desu

句型 ＿＿＿ 的 ＿＿＿。

名詞＋の＋名詞＋です。
no　　　　　desu

替換單字

妹妹／雨傘
妹／傘
imooto　kasa

義大利／鞋子
イタリア／靴
itaria　kutsu

法國／品牌
フランス／ブランド
furansu　burando

 我的包包。
私のかばんです。
watashi no kaban desu

 日本車。
日本の車です。
nihon no kuruma desu

句型 是 ＿＿＿ 嗎？

名詞＋ですか。
desuka

替換單字

台灣人
台湾人
taiwan-jin

美國人
アメリカ人
amerika-jin

泰國人
タイ人
tai-jin

義大利人
イタリア人
itaria-jin

 是日本人嗎？
日本人ですか。
nihon-jin desuka

是哪一位？
どなたですか。
donata desuka

行前準備

正式起飛

旅宿時光

味蕾「趣」

私房路線

遊玩空間

血拼購物

看見日本

突發狀況

句型 ＿＿＿ 是 ＿＿＿ 嗎？

名詞＋は＋名詞＋ですか。
wa　　　　　desuka

替換單字

出口／那裡
出口／あそこ
deguchi　asoko

國籍／哪裡
お国／どこ
okuni　doko

籍貫，畢業／哪裡
ご出身／どちら
goshusshin　dochira

廁所是那裡嗎？
トイレはあそこですか。
toire wa asoko desuka

車站是這裡嗎？
駅はここですか。
eki wa koko desuka

句型 ＿＿＿ 嗎？

名詞＋は＋形容詞＋ですか。
wa　　　　　　desuka

替換單字

這個／好吃
これ／おいしい
kore　oishii

價錢／貴
値段／高い
nedan　takai

房間／整潔
部屋／きれい
heya　kiree

這裡痛嗎？
ここは痛いですか。
koko wa itai desuka

車站遠嗎？
駅は遠いですか。
eki wa tooi desuka

句型　不是 ＿＿＿＿。

名詞＋ではありません。
dewa arimasen

替換單字

河川 かわ **川** kawa	派出所 こうばん **交番** kooban

公車 **バス** basu	紅茶 こうちゃ **紅茶** koocha

不是義大利人。
イタリア人ではありません。
じん
itaria-jin dewa arimasen

不是字典。
辞書ではありません。
じしょ
jisho dewa arimasen

句型　＿＿＿＿ 喔！

形容詞＋ですね。
desune

替換單字

甜的 あま **甘い** amai	苦的 にが **苦い** nigai

有趣的 おもしろ **面白い** omoshiroi	方便 べんり **便利** benri

好熱喔！
暑いですね。
あつ
atsui desune

好冷喔！
寒いですね。
さむ
samui desune

行前準備

正式起飛

旅宿時光

味蕾「趣」

私房路線

遊玩空間

血拚購物

看見日本

突發狀況

句型 ＿＿＿＿＿ 喔！

形容詞＋名詞＋ですね。
desune

替換單字

好／天氣
いい／天気
ii　　tenki

好吃／店
おいしい／店
oishii　　mise

熱鬧的／地方
にぎやかな／ところ
nigiyaka na　　tokoro

 好漂亮的人喔！
きれいな人ですね。
kiree na hito desune

 好愉快的旅行喔！
楽しい旅行ですね。
tanoshii ryokoo desune

句型 ＿＿＿＿＿ 吧！

名詞＋でしょう。
deshoo

替換單字

雨
雨
ame

雪
雪
yuki

風
風
kaze

颱風
台風
taifuu

 是晴天吧！
晴れでしょう。
hare deshoo

 是陰天吧！
曇りでしょう。
kumori deshoo

13

句型 ＿＿＿＿。

名詞（を）＋動詞＋ます。
masu

替換單字

音樂／聽
音楽を／聞き
ongaku o ／ kiki

相片／照相
写真を／撮り
shashin o ／ tori

花／看
花を／見
hana o ／ mi

 吃飯。
ご飯を食べます。
gohan o tabemasu

 抽煙。
タバコを吸います。
tabako o suimasu

句型 從＿＿＿＿來。

名詞＋から来ました。
kara kimashita

替換單字

中國
中国
chuugoku

英國
イギリス
igirisu

法國
フランス
furansu

印度
インド
indo

從台灣來。
台湾から来ました。
taiwan kara kimashita

從美國來。
アメリカから来ました。
amerika kara kimashita

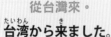

句型 ＿＿＿吧！

名詞（を）＋動詞＋ましょう。
　　　　　 o 　　　　　 mashoo

替換單字

唱歌
歌を歌い
uta o utai

打網球	吃日本料理
テニスをし	日本料理を食べ
tenisu o shi	nihon-ryoori o tabe

打電動玩具吧！
ゲームをしましょう。
geemu o shimashoo

看電影吧！
映画を見ましょう。
eega o mimashoo

句型 給我 ＿＿＿。

名詞＋をください。
　　　　 o kudasai

替換單字

地圖	毛衣
地図	セーター
chizu	seetaa

咖啡	壽司
コーヒー	鮨・寿司
koohii	sushi

請給我牛肉。
ビーフをください。
biifu o kudasai

給我這個。
これをください。
kore o kudasai

句型　給我 _____ 。

數量＋ください。
kudasai

替換單字

兩張 に まい **2枚** nimai	三本 さんさつ **3冊** sansatsu

一個 いっ こ **1個** ikko	一人份 いちにんまえ **一人前** ichininmae

給我一個。
ひと
一つください。
hitotsu kudasai

給我一堆。
ひとやま
一山ください。
hitoyama kudasai

句型　給我 _____ 。

名詞＋を＋數量＋ください。
　　　　o　　　　kudasai

替換單字

啤酒／一杯 いっぱい **ビール／1杯** biiru　　ippai

毛巾／兩條 に まい **タオル／2枚** taoru　　nimai	生魚片／兩人份 さし み　に にんまえ **刺身／二人前** sashimi　nininmae

給我一個披薩。
ひと
ピザを一つください。
piza o hitotsu kudasai

給我兩張車票。
きっ ぷ　に まい
切符を2枚ください。
kippu o nimai kudasai

行前準備

正式起飛

旅宿時光

味蕾「趣」

私房路線

遊玩空間

血拚購物

看見日本

突發狀況

句型　給我 _____ 。

動詞＋ください。
kudasai

替換單字

| 等一下 **待って** matte | 開 **開けて** akete |
| 吃 **食べて** tabete | 說 **言って** itte |

拿給我看一下。
見せてください。
misete kudasai

拿給我看一下。
請告訴我。
教えてください。
oshiete kudasai

句型　請 _____ 。

名詞（を…）＋動詞＋ください。
o　　　　　　　　　　　kudasai

替換單字

| 房間／打掃 **部屋を／掃除して** heya o　soojishite |
| 向右／轉 **右に／曲がって** migi ni　magatte | 用漢字／寫 **漢字で／書いて** kanji de　kaite |

請換房間。
部屋を替えてください。
heya o kaete kudasai

請叫警察。
警察を呼んでください。
keesatsu o yonde kudasai

句型　請 ＿＿＿＿。

形容詞＋動詞＋ください。
kudasai

替換單字

短／縮短
短く／つめて
mijikaku　tsumete

便宜／賣
安く／売って
yasuku　utte

簡單／說明
やさしく／説明して
yasashiku　setsumeeshite

趕快起床。
早く起きてください。
hayaku okite kudasai

打掃乾淨。
きれいに掃除してください。
kiree ni sooji shite kudasai

句型　請（弄）＿＿＿＿。

形容詞＋してください。
shite kudasai

替換單字

亮
明るく
akaruku

暖
暖かく
atatakaku

短
短く
mijikaku

乾淨
きれいに
kiree ni

請算便宜一點。
安くしてください。
yasuku shite kudasai

請快一點。
早くしてください。
hayaku shite kudasai

行前準備

正式起飛

旅宿時光

味蕾「趣」

私房路線

遊玩空間

血拚購物

看見日本

突發狀況

句型	_____ 多少錢？

名詞（は）＋いくらですか。
wa　　　　ikura desuka

替換單字

唱片	耳環
レコード	イヤリング
rekoodo	iyaringu

太陽眼鏡	比基尼
サングラス	ビキニ
sangurasu	bikini

 這個多少錢？
これいくらですか。
kore ikura desuka

這個多少錢？

大人需要多少錢？
大人いくらですか。
otona ikura desuka

句型	_____ 多少錢？

數量＋いくらですか。
ikura desuka

替換單字

一套；一件	一台
いっちゃく	いちだい
1着	1台
icchaku	ichidai

一雙	一盒
いっそく	
1足	ワンパック
issoku	wanpakku

 一個多少錢？
ひと
一ついくらですか。
hitotsu ikura desuka

一個小時多少錢？
いちじかん
1時間いくらですか。
ichijikan ikura desuka

句型 ＿＿＿＿多少錢？

名詞＋数量＋いくらですか。
ikura desuka

替換單字

鞋／一雙
靴（くつ）／1足（いっそく）
kutsu issoku

相機／一台	蔥／一把
カメラ／1台（いちだい）	ねぎ／1束（ひとたば）
kamera ichidai	negi hitotaba

這個一個多少錢？
これ、一つ（ひと）いくらですか。
kore, hitotsu ikura desuka

生魚片一人份多少錢？
刺身（さしみ）、一人前（いちにんまえ）いくらですか。
sashimi, ichininmae ikura desuka

句型 有 ＿＿＿＿ 嗎？

名詞＋はありますか。
wa arimasuka

替換單字

健身房	保險箱
ジム	金庫（きんこ）
jimu	kinko

游泳池	衛星節目
プール	衛星放送（えいせいほうそう）
puuru	eesee hoosoo

有報紙嗎？
新聞（しんぶん）はありますか。
shinbun wa arimasuka

有位子嗎？
席（せき）はありますか。
seki wa arimasuka

行前準備

正式起飛

旅宿時光

味蕾「趣」

私房路線

遊玩空間

血拚購物

看見日本

突發狀況

句型 有 _____ 嗎？

場所＋はありますか。
wa arimasuka

替換單字

電影院 えいがかん **映画館** eegakan	公園 こうえん **公園** kooen

飯店 **ホテル** hoteru	旅館 りょかん **旅館** ryokan

有郵局嗎？
ゆうびんきょく
郵便局はありますか。
yuubinkyoku wa arimasuka

有大眾澡堂嗎？
せんとう
銭湯はありますか。
sentoo wa arimasuka

句型 有 _____ 嗎？

形容詞＋名詞＋はありますか。
wa arimasuka

替換單字

大／房間
おお　　へ や
大きい／部屋
ookii　　heya

便宜／旅館 やす　　りょかん **安い／旅館** yasui　　ryokan	黑色／高跟鞋 くろ **黒い／ハイヒール** kuroi　　haihiiru

有便宜的位子嗎？
やす　せき
安い席はありますか。
yasui seki wa arimasuka

有紅色的裙子嗎？
あか
赤いスカートはありますか。
akai sukaato wa arimasuka

句型 ＿＿＿ 在哪裡？

場所＋はどこですか。
wa doko desuka

替換單字

| 百貨公司
デパート
depaato | 超市
スーパー
suupaa |

| 棒球場
野球場
yakyuujoo | 美容院
美容院
biyooin |

 廁所在哪裡？
トイレはどこですか。
toire wa doko desuka

 便利商店在哪裡？
コンビニはどこですか。
konbini wa doko desuka

句型 麻煩＿＿＿。

名詞＋をお願いします。
o onegai shimasu

替換單字

| 點菜
注文
chuumon | 兌換外幣
両替
ryoogae |

| 客房點餐服務
ルームサービス
ruumusaabisu | 住宿登記
チェックイン
chekkuin |

 麻煩幫我搬行李。
荷物をお願いします。
nimotsu o onegai shimasu

 麻煩結帳。
お勘定をお願いします。
okanjoo o onegai shimasu

句型　麻煩用 ＿＿＿。

名詞＋でお願いします。
de onegai shimasu

替換單字

海運 **船便** funabin

分開（算錢） **別々** betsubetsu	飯前 **食前** shokuzen

麻煩我寄空運。
航空便でお願いします。
kookuubin de onegai shimasu

麻煩我要刷卡。
カードでお願いします。
kaado de onegai shimasu

句型　麻煩我到 ＿＿＿。

場所＋までお願いします。
made onegai shimasu

替換單字

郵局 **郵便局** yuubinkyoku	電影院 **映画館** eegakan

百貨公司 **デパート** depaato	這裡 **ここ** koko

麻煩我到車站。
駅までお願いします。
eki made onegai shimasu

麻煩我到飯店。
ホテルまでお願いします。
hoteru made onegai shimasu

句型　請給我 ＿＿＿＿。

名詞＋数量＋お願<ruby>願<rt>ねが</rt></ruby>いします。
onegai shimasu

替換單字

套裝／一套
スーツ／1<ruby>着<rt>いっちゃく</rt></ruby>
suutsu　icchaku

相機／一台
カメラ／1<ruby>台<rt>いちだい</rt></ruby>
kamera　ichidai

襯衫／一件
シャツ／1<ruby>枚<rt>いちまい</rt></ruby>
shatsu　ichimai

請給我成人票一張。
<ruby>大人<rt>おとな</rt></ruby>1<ruby>枚<rt>まい</rt></ruby>お<ruby>願<rt>ねが</rt></ruby>いします。
otona ichimai onegai shimasu

請給我一瓶啤酒。
ビール1<ruby>本<rt>ぽん</rt></ruby>お<ruby>願<rt>ねが</rt></ruby>いします。
biiru ippon onegai shimasu

句型　＿＿＿＿ 如何？

名詞＋はどうですか。
wa doo desuka

替換單字

夏威夷
ハワイ
hawai

壽司
<ruby>鮨<rt>すし</rt></ruby>・<ruby>寿司<rt>すし</rt></ruby>
sushi

黑輪
おでん
oden

星期天
<ruby>日曜日<rt>にちようび</rt></ruby>
nichiyoobi

烤肉如何？
<ruby>焼肉<rt>やきにく</rt></ruby>はどうですか。
yakiniku wa doo desuka

旅行怎麼樣？
<ruby>旅行<rt>りょこう</rt></ruby>はどうですか。
ryokoo wa doo desuka

行前準備

正式起飛

旅宿時光

味蕾「趣」

私房路線

遊玩空間

血拚購物

看見日本

突發狀況

句型　_____ 的 _____ 如何？

時間＋の＋名詞＋はどうですか。
　　　　no　　　　　wa doo desuka

替換單字

第二次／日本
に かい め　に ほん
2回目／日本
nikaime　nihon

夏天／東京	明天／營業時間
なつ　とうきょう	あ した　えいぎょう じ かん
夏／東京	**明日／営業時間**
natsu　tookyoo	ashita　eegyoojikan

 今年的運勢如何？
こ とし　うんせい
今年の運勢はどうですか。
kotoshi no unsee wa doo desuka

 今天的天氣如何？
きょう　てん き
今日の天気はどうですか。
kyoo no tenki wa doo desuka

句型　我要 _____ 。

名詞＋がいいです。
　　　　ga ii desu

替換單字

這個	西瓜
これ	**すいか**
kore	suika

拉麵	果汁
ラーメン	**ジュース**
raamen	juusu

 我要咖啡。
コーヒーがいいです。
koohii ga ii desu

 我要天婦羅。
てんぷらがいいです。
tenpura ga ii desu

25

句型 我要 ＿＿＿＿。

形容詞（の、なの）＋がいいです。
　　　　　　no　　na no　　　　　ga ii desu

替換單字

小的	藍的
小さいの chiisai no	青いの aoi no

短的	漂亮的
短いの mijikai no	きれいなの kiree na no

我要大的。
大きいのがいいです。
ookii no ga ii desu

我要方便的。
便利なのがいいです。
benri na no ga ii desu

句型 可以 ＿＿＿＿ 嗎？

動詞＋もいいですか。
　　　　　　mo ii desuka

替換單字

吃	坐
食べて tabete	座って suwatte

摸	聽
触って sawatte	聞いて kiite

可以喝嗎？
飲んでもいいですか。
nondemo ii desuka

可以試穿嗎？
試着してもいいですか。
shichakushitemo ii desuka

行前準備

正式起飛

旅宿時光

味蕾「趣」

私房路線

遊玩空間

血拼購物

看見日本

突發狀況

句型 可以 _____ 嗎？

名詞（を…）＋動詞＋もいいですか。
o　　　　　　　mo ii desuka

替換單字

相／照
写真を／撮って
shashin o　totte

在這裡／寫
ここに／書いて
koko ni　kaite

啤酒／喝
ビールを／飲んで
biiru o　nonde

可以抽煙嗎？
タバコを吸ってもいいですか。
tabako o suttemo ii desuka

這裡可以坐嗎？
ここに座ってもいいですか。
koko ni suwattemo ii desuka

句型 想 _____ 。

動詞＋たいです。
tai desu

替換單字

玩	走
遊び	歩き
asobi	aruki

游泳	買
泳ぎ	買い
oyogi	kai

想吃。
食べたいです。
tabetai desu

想聽。
聞きたいです。
kikitai desu

句型 我想到 _____ 。

場所＋まで行きたいです。
made ikitai desu

替換單字

新宿 しんじゅく **新宿** shinjuku	原宿 はらじゅく **原宿** harajuku

青山 あおやま **青山** aoyama	池袋 いけぶくろ **池袋** ikebukuro

我想到澀谷。
渋谷駅まで行きたいです。
しぶ や えき
shibuya-eki made ikitai desu

我想到成田機場。
成田空港まで行きたいです。
なり た くうこう
narita-kuukoo made ikitai desu

句型 想 _____ 。

名詞＋を（に）＋動詞＋たいです。
　　　　o　　ni　　　　　　　tai desu

替換單字

煙火／看 **花火／見** はな び　み hanabi　mi

音樂會、演唱會／去聽 **コンサート／行き** い konsaato　　iki	當地美食／吃 **ご当地グルメ／食べ** とう ち　　　　た gotoochigurume　tabe

 我想泡溫泉。
温泉に入りたいです。
おんせん はい
onsen ni hairitai desu

 我想預約房間。
部屋を予約したいです。
へ や よ やく
heya o yoyakushitai desu

行前準備

正式起飛

旅宿時光

味蕾「趣」

私房路線

遊玩空間

血拚購物

看見日本

突發狀況

句型 我在找 ＿＿＿＿。

名詞＋を探（さが）しています。
o sagashite imasu

替換單字

褲子	球鞋、休閒鞋
ズボン	スニーカー
zubon	suniikaa

領帶	DVD
ネクタイ	ＤＶＤ (ディーブイディー)
nekutai	dii bui dii

 我在找裙子。
スカートを探（さが）しています。
sukaato o sagashite imasu

 我在找雨傘。
傘（かさ）を探（さが）しています。
kasa o sagashite imasu

句型 我要 ＿＿＿＿。

名詞＋がほしいです。
ga hoshii desu

替換單字

同人誌	錄影機
同人誌（どうじんし）	ビデオカメラ
doojinshi	bideokamera

底片	智慧型手機
フィルム	スマホ（スマートフォン）
firumu	sumaho(sumaatofon)

 我想要鞋子。
靴（くつ）がほしいです。
kutsu ga hoshii desu

 我想要香水。
香水（こうすい）がほしいです。
koosui ga hoshii desu

句型　很會 ＿＿＿＿ 。

名詞＋が上手です。
じょう ず
ga joozu desu

替換單字

煮菜
りょう り
料理
ryoori

籃球
バスケットボール
basukettobooru

英語
えい ご
英語
eego

日語
に ほん ご
日本語
nihongo

很會唱歌。
うた じょう ず
歌が上手です。
uta ga joozu desu

很會打網球。
じょう ず
テニスが上手です。
tenisu ga joozu desu

句型　太 ＿＿＿＿ 。

形容詞＋すぎます。
sugimasu

替換單字

低
ひく
低
hiku

小
ちい
小さ
chiisa

快
はや
速
haya

重
おも
重
omo

太貴。
たか
高すぎます。
taka sugimasu

太大。
おお
大きすぎます。
ooki sugimasu

行前準備

正式起飛

旅宿時光

味蕾「趣」

私房路線

遊玩空間

血拚購物

看見日本

突發狀況

句型　喜歡 ＿＿＿＿。

名詞＋が好きです。
ga suki desu

替換單字

網球	釣魚
テニス tenisu	**つり** tsuri

兜風	爬山
ドライブ doraibu	**登山** tozan

喜歡漫畫。
漫画が好きです。
manga ga suki desu

喜歡電玩。
ゲームが好きです。
geemu ga suki desu

句型　對 ＿＿＿＿ 感興趣。

名詞＋に興味があります。
ni kyoomi ga arimasu

替換單字

歷史	經濟
歴史 rekishi	**経済** keezai

電影	藝術
映画 eega	**芸術** geejutsu

對音樂有興趣。
音楽に興味があります。
ongaku ni kyoomi ga arimasu

對漫畫有興趣。
漫画に興味があります。
manga ni kyoomi ga arimasu

31

句型 在 _____ 有 _____。

場所＋で＋慶典＋があります。
de　　　　　ga arimasu

替換單字

青森／睡魔祭
青森／ねぶた祭り
aomori　nebuta-matsuri

徳島／阿波舞
徳島／阿波踊り
tokushima　awa-odori

仙台／七夕祭
仙台／七夕祭り
sendai　tanabata-matsuri

淺草有慶典。
浅草でお祭りがあります。
asakusa de o-matsuri ga arimasu

札幌有雪祭。
札幌で雪祭りがあります。
sapporo de yuki-matsuri ga arimasu

句型 _____ 痛。

身體＋が痛いです。
ga itai desu

替換單字

肚子	腰
おなか	腰
onaka	koshi

膝蓋	牙歯
ひざ	歯
hiza	ha

 頭痛。
頭が痛いです。
atama ga itai desu

 腳痛。
足が痛いです。
ashi ga itai desu

行前準備

正式起飛

旅宿時光

味蕾「趣」

私房路線

遊玩空間

血拚購物

看見日本

突發狀況

句型 ＿＿＿＿ 丟了。

物品＋をなくしました。
o nakushimashita

替換單字

票 **チケット** chiketto	（信用）卡 **カード** kaado

護照 **パスポート** pasupooto	外套 **コート** kooto

 錢包丟了。
財布をなくしました。
saifu o nakushimashita

 相機丟了。
カメラをなくしました。
kamera o nakushimashita

句型 ＿＿＿＿ 忘了放在 ＿＿＿＿。

場所＋に＋物品＋を忘れました。
ni　　　　　　o wasuremashita

替換單字

桌上 ／ 車票 **テーブルの上／切符** teeburu no ue　kippu	浴室 ／ 手錶 **バスルーム／腕時計** basu-ruumu　udedokee

 包包忘了放在巴士了。
バスにかばんを忘れました。
basu ni kaban o wasuremashita

 鑰匙忘了放在房間了。
部屋に鍵を忘れました。
heya ni kagi o wasuremashita

句型　＿＿＿＿ 被偷了。

物品＋を盗まれました。
o nusumaremashita

替換單字

錢包	照相機
財布 saifu	カメラ kamera

手錶	筆記電腦
腕時計 udedokee	ノートパソコン nooto-pasokon

包包被偷了。
かばんを盗まれました。
kaban o nusumaremashita

傘被偷了。
傘を盗まれました。
kasa o nusumaremashita

句型　我想 ＿＿＿＿。

句子＋と思っています。
to omotte imasu

替換單字

想當老師
先生になりたい sensee ni naritai

想住在郊外	想到國外旅行
郊外に住みたい koogai ni sumitai	海外旅行したい kaigai-ryokooshitai

我想去日本。
日本に行きたいと思っています。
nihon ni ikitai to omotte imasu

我認為那個人是犯人。
あの人が犯人だと思っています。
ano hito ga hanninda to omotte imasu

打招呼

早安。
おはようございます。
ohayoo gozaimasu

你好。（白天）
こんにちは。
konnichiwa

你好。（晚上）
こんばんは。
konbanwa

晚安。（睡前）
おやすみなさい。
oyasuminasai

道別

再見。
さようなら。
sayoonara

再見。
しつれい
失礼します。
shitsureeshimasu

再見。
それでは。
soredewa

再見。
バイバイ。
baibai

再見。
じゃあね。
jaane

一路小心。
き
お気をつけて。
oki o tsukete

回答

是。
はい。
hai

對，沒錯。
はい、そうです。
hai, soo desu

知道了。
わかりました。
wakarimashita

知道了。
かしこまりました。
kashikomarimashita

知道了。
承知しました。
shoochishimashita

這樣啊！
そうですか。
soodesuka

道謝

謝謝您了。
ありがとうございました。
arigatoo gozaimashita

謝謝。
どうも。
doomo

不好意思。（含有謝意）
すみません。
sumimasen

您真親切，謝謝。
ご親切にどうもありがとう。
goshinsetsu ni doomo arigatoo

謝謝照顧。
お世話になりました。
osewa ni narimashita

非常感謝了。
どうもすみません。
doomo sumimasen

不用客氣

不會。
いいえ。
iie

不客氣。
どういたしまして。
doo itashimashite

不要緊。
大丈夫ですよ。
daijoobu desuyo

我才要謝您的。
こちらこそ。
kochira koso

不要在意。
気にしないで。
ki ni shinaide

 哪裡，別放在心上。
いいえ、かまいません。
iie, kamaimasen

道歉

不好意思。
すみません。
sumimasen

對不起。
ごめんなさい。
gomennasai

失禮了。
失礼しました。
shitsureeshimashita

 抱歉。
申し訳ありません。
mooshiwake arimasen

麻煩您很多。
ご迷惑をおかけしました。
gomeewaku o okakeshimashita

真對不起。
大変失礼しました。
taihen shitsureeshimashita

行前準備

正式起飛

旅宿時光

味蕾「趣」

私房路線

遊玩空間

血拼購物

看見日本

突發狀況

請問一下

不好意思。
すみません。
sumimasen

可以耽誤一下嗎？
ちょっといいですか。
chotto ii desuka

打擾一下。
ちょっとすみません。
chotto sumimasen

請問一下……
ちょっとうかがいますが……。
chotto ukagaimasuga

我想問旅行的事……。
旅行<small>りょこう</small>のことですが……。
ryokoo no koto desuga

請問……。
あのう……。
anoo...

現在幾點了？

現在幾點？
今<small>いまなんじ</small>何時ですか。
ima nanji desuka

這是什麼？
これは何<small>なん</small>ですか。
kore wa nan desuka

這裡是哪裡？
ここはどこですか。
koko wa doko desuka

那是怎麼樣的書？
それはどんな本<small>ほん</small>ですか。
sore wa donna hon desuka

「玩」全手記特別收錄：說日語、讀日本，搜集一百種感動

貳 2

單元　機場　海關　艙機

我的日本小旅行，正式起飛！

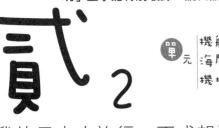

ようこそ日本へ

句型 _____ 在哪裡？

名詞＋はどこですか。
wa doko desuka

替換單字

我的座位 わたし せき **私の席** watashi no seki

商務客艙 **ビジネスクラス** bijinesu-kurasu	經濟艙 **エコノミークラス** ekonomii-kurasu

洗手間 **トイレ** toire	緊急出口 ひ じょうぐち **非常口** hijoo-guchi

 請問這個座位在哪裡？（將機票給空服員看）

この席はどこですか。
kono seki wa doko desuka

請從這邊往前走，右手邊的靠窗座位。

こちらをお進みください。右手窓側でございます。
kochira o osusumi kudasai. migite madogawa de gozaimasu

就在那邊。

あちらでございます。
achira de gozaimasu

 這個東西請給我一個。（指著機上購物型錄）

これ1つください。
kore hitotsu kudasai

請問可以用新台幣支付嗎？
<ruby>台湾元<rt>たいわんげんつか</rt></ruby>使えますか。
taiwan-gen tsukaemasuka

我們只接受紙鈔。
<ruby>紙幣<rt>しへい</rt></ruby>のみお<ruby>使<rt>つか</rt></ruby>いいただけます。
shihee nomi otsukai itadakemasu

請問要不要喝點飲料？
お<ruby>飲<rt>の</rt></ruby>み<ruby>物<rt>もの</rt></ruby>はいかがですか。
onomimono wa ikaga desuka

請給我咖啡。
コーヒーお<ruby>願<rt>ねが</rt></ruby>いします。
koohii onegai shimasu

請問有哪些飲料？
<ruby>何<rt>なに</rt></ruby>があるんですか。
nani ga arun desuka

請問含酒精飲料需要付費嗎？
アルコール<ruby>類<rt>るい</rt></ruby>は<ruby>有料<rt>ゆうりょう</rt></ruby>ですか。
arukooru-rui wa yuuryoo desuka

請問有牛奶嗎？
<ruby>牛乳<rt>ぎゅうにゅう</rt></ruby>はありますか。
gyuunyuu wa arimasuka

不好意思，我不曉得該怎麼關空調的出風口。
すみません、<ruby>風<rt>かぜ</rt></ruby>の<ruby>止<rt>と</rt></ruby>め<ruby>方<rt>かた</rt></ruby>が<ruby>分<rt>わ</rt></ruby>からないんですが。
sumimasen, kaze no tomekata ga wakaranain desuga

請問該怎麼打開閱讀燈呢？
このライトはどうやってつけるんですか。
kono raito wa doo yatte tsukerun desuka

我沒辦法看影片耶……。
ビデオが<ruby>見<rt>み</rt></ruby>られないんですけど。
bideo ga mirarenain desukedo

目前正經過京都的上空。
ただいま、<ruby>京都<rt>きょうと</rt></ruby>上空を<ruby>通過<rt>つうか</rt></ruby>しております。
tada ima, kyooto jookuu o tsuukashite orimasu

行前準備
正式起飛
旅宿時光
味蕾「趣」
私房路線
遊玩空間
血拼購物
看見日本
突發狀況

從雲隙間可以看到富士山。

雲の切れ間に、富士山がご覧になれます。

kumo no kirema ni, fujisan ga goran ni naremasu

目前飛機正通過一段不穩定的亂流。

ただいま当機は気流の悪いところを通過中でございます。

tada ima, tooki wa kiryuu no warui tokoro o tsuuka-chuu de gozaimasu

請回到您的座位，繫上安全帶。

座席にお戻りになり、シートベルトをお締めください。

zaseki ni omodorini nari, shiito-beruto o oshime kudasai

飛機即將降落。

まもなく着陸態勢に入ります。

mamonaku chakuriku taisee ni hairimasu

請您留在座位上，直到安全帶的指示燈號熄滅為止。

シートベルト着用のサインが消えるまでお待ちください。

shiito-beruto chakuyoo no sain ga kieru made omachi kudasai

下機前請慢慢收拾，別忘了您的隨身行李。

お降りの際は、お忘れ物のないよう、ごゆっくりお支度ください。

oori no sai wa, owasuremono no nai yoo, goyukkuri oshitaku kudasai

行李放不進去。

荷物が入りません。

nimotsu ga hairimasen

請借我過。

通してください。

tooshite kudasai

我想換座位。

席を替えてほしいです。

seki o kaete hoshii desu

可以將椅背倒下嗎？
席を倒してもいいですか。
せき たお
seki o taoshitemo ii desuka

幾點到達？
到着は何時ですか。
とうちゃく なんじ
toochaku wa nanji desuka

有中文報嗎？
中国語の新聞はありますか。
ちゅうごくご ご しんぶん
chuugokugo no shinbun wa arimasuka

可以給我果汁嗎？
ジュースをもらえますか。
juusu o moraemasuka

麻煩幫我把外套放進去。
コートをお願いします。
ねが
kooto o onegai shimasu

句型 請給我 ＿＿＿＿＿ 。

名詞＋をください。
o kudasai

替換單字

牛肉 **ビーフ** biifu	雞肉 **チキン** chikin

魚 さかな **魚** sakana	葡萄酒 **ワイン** wain	啤酒 **ビール** biiru	水 みず **お水** omizu
毛毯 もう ふ **毛布** moofu	枕頭 まくら **枕** makura	暈車藥 よ ど **酔い止め** yoidome	報紙 しんぶん **新聞** shinbun

行前準備
正式起飛
旅宿時光
味蕾「趣」
私房路線
遊玩空間
血拼購物
看見日本
突發狀況

句型 有＿＿＿嗎？

名詞＋はありますか。
wa arimasuka

替換單字

日本報紙
日本の新聞
にほん　しんぶん
nihon no shinbun

入境卡
入国カード
にゅうこく
nyuukoku-kaado

感冒藥
風邪薬
か　ぜ　ぐすり
kazegusuri

英文雜誌
英語の雑誌
えい　ご　ざっし
eego no zasshi

溫的飲料
温かい飲み物
あたた　の　もの
atatakai nomimono

請再給我一杯。
もう1杯ください。
いっぱい
moo ippai kudasai

是免費的嗎？
無料ですか。
む　りょう
muryoo desuka

我身體不舒服。
気分が悪いです。
き　ぶん　　わる
kibun ga warui desu

什麼時候到達？
いつ着きますか。
つ
itsu tsukimasuka

再20分鐘。
あと20分です。
にじゅっ ぷん
ato nijuppun desu

現在我們在哪裡？
今、どのへんですか。
いま
ima, dono hen desuka

請給我飲料。
飲み物をください。
の　もの
nomimono o kudasai

我肚子疼。
おなかが痛いです。
onaka ga itai desu

感到寒冷。
寒いです。
samui desu

相關單字

耳機 **イヤホーン** iyahoon	雜誌 ざっし **雑誌** zasshi
葡萄酒 **ワイン** wain	香煙 **タバコ** tabako
免税商品 めんぜいひん **免税品** menzeehin	機艙內販賣 き ないはんばい **機内販売** kinai-hanbai
圍巾 **スカーフ** sukaafu	型錄 **カタログ** katarogu
	香水 こうすい **香水** koosui

行前準備

正式起飛

旅宿時光

味蕾「趣」

私房路線

遊玩空間

血拚購物

看見日本

突發狀況

句型

Q：旅行の目的は何ですか。
りょこう　もくてき　なん
ryokoo no mokuteki wa nan desuka
旅行目的為何？

A：名詞＋です。
desu
是 _____ 。

替換單字

觀光	留學
かんこう	りゅうがく
観光	**留学**
kankoo	ryuugaku

工作	會議	出差	商務
し ごと	かい ぎ	しゅっちょう	
仕事	**会議**	**出張**	**ビジネス**
shigoto	kaigi	shucchoo	bijinesu

探親	探訪朋友
しんぞくほうもん	ち じんほうもん
親族訪問	**知人訪問**
shinzoku-hoomon	chijin-hoomon

句型

Q：職業は何ですか。
しょくぎょう　なん
shokugyoo wa nan desuka
你的職業是？

A：名詞＋です。
desu
是 _____ 。

替換單字

學生 **学生** gakusee	上班族 **サラリーマン** sarariiman

粉領族 **OL** ooeru	家庭主婦 **主婦** shufu	公司職員 **会社員** kaishain

醫生 **医者** isha	商店、公司等的負責人 **経営者** keeeesha

句型

Q：どこに滞在しますか。　要住在哪裡？
doko ni taizaishimasuka

A：名詞＋です。　＿＿＿＿。
　　desu

替換單字

飯店 **ホテル** hoteru	朋友家 **友人の家** yuujin no ie

旅館 **旅館** ryokan	民宿 **民宿** minshuku	留學生宿舍 **留学生宿舎** ryuugakusee shukusha

兒子的家 **息子の家** musuko no ie	同事的家 **同僚の家** dooryoo no ie

行前準備

正式起飛

旅宿時光

味蕾「趣」

私房路線

遊玩空間

血拼購物

看見日本

突發狀況

句型

Q：何日滞在しますか。
<ruby>何日滞在<rt>なんにちたいざい</rt></ruby>
nannichi taizaishimasuka

要待幾天？

A：期間＋です。
desu

＿＿＿＿。

替換單字

五天
5日間 いっ か かん
itsukakan

一星期	兩星期	一個月
1週間 いっしゅうかん	2週間 に しゅうかん	1ヶ月 いっ か げつ
isshuukan	nishuukan	ikkagetsu

十天	三天	大約兩個月
10日間 とお か かん	3日 みっ か	約2ヶ月 やく に か げつ
tookakan	mikka	yaku nikagetsu

句型　請 ＿＿＿＿。

動詞＋ください。
kudasai

替換單字

開	讓我看
開けて あ	見せて み
akete	misete

等	說	看
待って ま	言って い	見て み
matte	itte	mite

打開 ひら **開いて** hiraite	關起來 **しまって** shimatte	拿出來 だ **出して** dashite

行前準備

正式起飛

旅宿時光

味蕾「趣」

私房路線

遊玩空間

血拚購物

看見日本

突發狀況

句型

Q：これは何ですか。　　　這是什麼？
　　なん
　　kore wa nan desuka

A：**名詞**＋です。　　　是 ＿＿＿＿ 。
　　　　　　desu

替換單字

		日常用品 にちようひん **日用品** nichiyoohin
衣服 ふく **服** fuku	相機 **カメラ** kamera	禮物 **プレゼント** purezento
香煙 **タバコ** tabako	日本酒 に ほんしゅ **日本酒** nihonshu	名產 **おみやげ** omiyage
洗臉用具 せんめん ぐ **洗面具** senmengu		筆記用具 ひっ きようぐ **筆記用具** hikki-yoogu
圍巾 **スカーフ** sukaafu	感冒藥 か ぜ ぐすり **風邪薬** kazegusuri	字典 じ しょ **辞書** jisho

請在八號窗口前排隊。
8番の窓口にお並びください。
hachiban no madoguchi ni onarabi kudasai

請問這個項目這樣填寫可以嗎？（填寫入境卡等）
ここの書き方はこれでいいですか。
koko no kakikata wa kore de ii desuka

是的，沒有問題。
はい、けっこうです。
hai, kekkoo desu

請將食指按在這裡。（指紋採樣時）
人差し指をここに置いてください。
hitosashiyubi o koko ni oite kudasai

請看這邊。（存錄個人臉部影像資料時）
こちらを見てください。
kochira o mite kudasai

請問一下，我還沒領到行李……。
荷物が出てこないんですが……。
nimotsu ga dete konain desuga

將由下一班飛機送到。
次の飛行機で着きます。
tsugi no hikooki de tsukimasu

非常抱歉，我們將會送到您的住宿地點。
申し訳ありません。ご宿泊先にお届けします。
mooshiwake arimasen. goshukuhaku saki ni otodoke shimasu

請將您的聯絡電話及地址寫在這裡。
こちらにご連絡先を記入してください。
kochira ni gorenraku saki o kinyuushite kudasai

請問您們是一塊來的嗎？（過海關時）
ご一緒ですか。
goissho desuka

請問只有您一位嗎？
お一人ですか。
ohitori desuka

有沒有需要申報的物品呢？
申告するものはありませんか。
shinkokusuru mono wa arimasenka

有。／沒有。
はい。／いいえ。
hai　　iie

請讓我看一下裡面的物品。
ちょっと中身を拝見します。
chotto nakami o haikenshimasu

請問這是什麼？
これは何ですか。
kore wa nan desuka

這是換穿的衣物和伴手禮。
着替えとおみやげです。
kigae to omiyage desu

請問您只有兩件行李嗎？
荷物は 2 つだけですか。
nimotsu wa futatsu dake desuka

我想租用行動電話。
携帯電話をレンタルしたいです。
keetai-denwa o rentarushitaidesu

行前準備

正式起飛

旅宿時光

味蕾「趣」

私房路線

遊玩空間

血拚購物

看見日本

突發狀況

句型　請 _____ 。

名詞 ＋ してください。
shite kudasai

替換單字

兌換外幣 りょうがえ **両替** ryoogae

簽名 **サイン** sain	確認 かくにん **確認** kakunin

 可以全都以一萬日圓的鈔票兌換給您嗎？
全て１万円札でもよろしいですか。
subete ichiman-en-satsu demo yoroshii desuka

手續費是〇〇日圓。
て すうりょう
手数料が〇〇かかります。
tesuuryoo ga 〇〇 kakarimasu

找零是〇〇日圓。
おつりは〇〇です。
otsuri wa 〇〇 desu

 請讓我看一下護照。
パスポートを見せてください。
pasupooto o misete kudasai

行前準備

正式起飛

旅宿時光

味蕾「趣」

私房路線

遊玩空間

血拼購物

看見日本

突發狀況

麻煩您在這裡簽名。

ここにサインをお願_{ねが}いします。

koko ni sain o onegai shimasu

這樣可以嗎？

これでいいですか。

kore de ii desuka

給我一張電話卡。

テレホンカード1枚_{いちまい}ください。

terehon-kaado ichimai kudasai

喂，我是台灣的小李。

もしもし、台湾_{たいわん}の李です。

moshi moshi, taiwan no ri desu

陽子小姐在嗎？

陽子_{ようこ}さんはいらっしゃいますか。

yooko-san wa irasshaimasuka

我剛到日本。

ただ今_{いま}、日本_{にほん}に着_つきました。

tada ima, nihon ni tsukimashita

那麼就在新宿車站見面吧！

では、新宿駅_{しんじゅくえき}で会_あいましょう。

dewa, shinjuku-eki de aimashoo

在哪裡碰面好呢？

どこで会_あいましょうか。

doko de aimashooka

知道南出口在哪裡嗎？

南口_{みなみぐち}はわかりますか。

minamiguchi wa wakarimasuka

搭成田 Express 去。

成田_{なりた}エクスプレスで行_いきます。

narita-ekusupuresu de ikimasu

在 JR 的剪票口等你。

ＪＲの改札口_{かいさつぐち}で待_まっています。

jee aaru no kaisatsuguchi de matte imasu

待會兒見。

では、また後_{あと}で。

dewa, mata atode

相關單字

打電話 **電話する** denwasuru	手機 けいたいでん わ **携帯電話** keetai-denwa

留言 **メッセージ** messeeji	外出中 がいしゅつちゅう **外出中** gaishutsu-chuu	不在家 る す **留守** rusu	出門 で **出かける** dekakeru

留言、傳話 でんごん **伝言** dengon	鈴聲 はっしんおん **発信音** hasshin'on	要事 ようけん **ご用件** goyooken

日本航空櫃檯在哪裡？
に ほんこうくう
日本航空のカウンターはどこですか。
nihon-kookuu no kauntaa wa doko desuka

我要辦登機手續。
ねが
チェックインお願いします。
chekku-in onegai shimasu

有靠窗的座位嗎？
まどがわ せき
窓側の席はありますか。
madogawa no seki wa arimasuka

靠走道好。
つうろがわ
通路側がいいです。
tsuurogawa ga ii desu

是商務艙。
ビジネスクラスです。
bijinesu-kurasu desu

是經濟艙。
エコノミークラスです。
ekonomii-kurasu desu

有行李要寄放嗎？
預ける荷物はありますか。
azukeru nimotsu wa arimasuka

請在那邊的窗口前排隊。
あちらの窓口にお並びください。
achira no madoguchi ni onarabi kudasai

我已經完成網路報到了。
ウェブチェックインしました。
webu-chekku-inshimashita

只剩下靠窗的座位了。
窓側のお席しか空いておりません。
madogawa no oseki shika aite orimasen

請將行李放在這裡。
お荷物をここに載せてください。
onimotsu o koko ni nosete kudasai

請問您的行李就是這些了嗎？
お荷物はこれで全部ですか。
onimotsu wa kore de zenbu desuka

這件行李超重了。
この荷物は重すぎます。
kono nimotsu wa omosugimasu

我們必須加收超重費，可以嗎？
追加料金がかかりますが、よろしいですか。
tsuika-ryookin ga kakarimasuga, yoroshii desuka

行前準備

正式起飛

旅宿時光

味蕾「趣」

私房路線

遊玩空間

血拚購物

看見日本

突發狀況

我將行李條貼在這裡。

荷物の控えはここに貼っておきます。

nimotsu no hikae wa koko ni hatte okimasu

您的行李將會直掛到高雄。

お荷物は高雄まで行きます。

onimotsu wa takao made ikimasu

請將液體物品托運。

液体は預けてください。

ekitai wa azukete kudasai

請問有沒有裝入易碎物品或危險物品呢？

割れ物や危険物などは入っていませんか。

waremono ya kikenbutsu nado wa haitte imasenka

請問護手乳可以帶上飛機嗎？

ハンドクリームは持ち込めますか。

hando-kuriimu wa mochikomemasuka

這個不可以帶上飛機。

これは持ち込めません。

kore wa mochikomemasen

請在那裡丟棄。

そこに捨ててください。

soko ni sutete kudasai

那麼，我現在喝掉。

じゃ、今、飲んでしまいます。

ja, ima, nonde shimaimasu

請問哪裡有賣夾鍊袋呢？

チャック袋はどこで売っていますか。

chakku-bukuro wa doko de utte imasuka

請問可以將行李箱上鎖嗎？

スーツケースに鍵をかけてもいいですか。

suutsu-keesu ni kagi o kaketemo ii desuka

沒關係的。

かまいません。

kamaimasen

請先確認您的行李已經通過Ｘ光機檢查後，再前往登機門。

荷物が通るのを確認してからゲートへお進みください。

nimotsu ga tooru no o kakuninshite kara geeto e osusumi kudasai

請問Ｄ－５登機門在哪裡呢？

Ｄ－５ゲートはどちらですか。

dii-go geeto wa dochira desuka

請問這裡有沒有可以免費上網的地方呢？

ネットが無料で使えるところはありますか。

netto ga muryoo de tsukaeru tokoro wa arimasuka

這前面有一處。

この先にございます。

kono saki ni gozaimasu

行前準備

正式起飛

旅宿時光

味蕾「趣」

私房路線

遊玩空間

血拚購物

看見日本

突發狀況

不好意思，沒有地方可以免費上網。

あいにく、無料で使えるところはございません。
ainiku, muryoo de tsukaeru tokoro wa gozaimasen

二樓倒是有個地方可以上網，不過需要付費使用。

有料でよろしければ、2階にございます。
yuuryoo de yoroshikereba, nikai ni gozaimasu

請問吸菸區在哪裡？

喫煙所はどこですか。
kitsuensho wa doko desuka

請問您口袋裡有沒有裝著什麼東西呢？（通過金屬探測門時）

ポケットに何か入っていませんか。
poketto ni nanika haitte imasenka

請取下皮帶。

ベルトを取ってください。
beruto o totte kudasai

請脫掉鞋子。

靴を脱いでください。
kutsu o nuide kudasai

請先準備好您的護照和登機證。

パスポートと搭乗券をご用意ください。
pasupooto to toojooken o goyooi kudasai

請將護照套夾拿掉，稍待一下。

パスポートはカバーを外してお待ちください。
pasupooto wa kabaa o hazushite omachi kudasai

只要出示登機證即可。

搭乗券だけでけっこうです。
toojooken dakede kekkoo desu

行前準備
正式起飛
旅宿時光
味蕾「趣」
私房路線
遊玩空間
血拼購物
看見日本
突發狀況

句型 麻煩我寄 _____ 。

名詞＋でお願いします。
de onegai shimasu

替換單字

| 空運
こうくうびん
航空便
kookuubin | 船運
ふなびん
船便
funabin |

| 掛號
かきとめ
書留
kakitome | 包裹
こづつみ
小包
kozutsumi | 宅急便
たくはいびん
宅配便
takuhaibin | 限時專送
そくたつ
速達
sokutatsu |

費用多少？
りょうきん
料金はいくらですか。
ryookin wa ikura desuka

麻煩寄到台灣。
たいわん　　　　ねが
台湾までお願いします。
taiwan made onegai shimasu

請給我明信片 10 張。
じゅう まい
はがきを 10 枚ください。
hagaki o juumai kudasai

哪一個便宜？
やす
どちらが安いですか。
dochira ga yasui desuka

有寄包裹的箱子嗎？
こづつみ　はこ
小包の箱はもらえますか。
kozutsumi no hako wa moraemasuka

麻煩寄航空信。
ねが
エアメールでお願いします。
ea-meeru de onegai shimasu

大概什麼時候寄到？
つ
どのぐらいで着きますか。
dono gurai de tsukimasuka

給我一個郵件袋。
ふくろ　　いちまい
ゆうパックの袋を 1 枚ください。
yuu-pakku no fukuro o ichimai kudasai

超好用單字表：
數字

1 **1**（**いち**） ichi	2 **2**（**に**） ni

3 **3**（**さん**） san	4 **4**（**よん／し**） yon／shi	5 **5**（**ご**） go	6 **6**（**ろく**） roku
7 **7**（**なな／しち**） nana／shichi	8 **8**（**はち**） hachi	9 **9**（**く／きゅう**） ku／kyuu	10 **10**（**じゅう**） juu
20 **20**（**にじゅう**） nijuu	30 **30**（**さんじゅう**） sanjuu	40 **40**（**よんじゅう**） yonjuu	50 **50**（**ごじゅう**） gojuu
60 **60**（**ろくじゅう**） rokujuu	70 **70**（**ななじゅう**） nanajuu	80 **80**（**はちじゅう**） hachijuu	90 **90**（**きゅうじゅう**） kyuujuu
100 **100**（**ひゃく**） hyaku	200 **200**（**にひゃく**） nihyaku	300 **300**（**さんびゃく**） sanbyaku	400 **400**（**よんひゃく**） yonhyaku

500 **500**（**ごひゃく**） gohyaku	600 **600**（**ろっぴゃく**） roppyaku	700 **700**（**ななひゃく**） nanahyaku

800 **800**（**はっぴゃく**） happyaku	900 **900**（**きゅうひゃく**） kyuuhyaku
1000 **1,000**（**せん**） sen	10000 **1,0000**（**いちまん**） ichiman

參 3

最暖心的日本旅宿好時光

おもてなしの宿に泊まろう

句型 _____ 多少錢？

名詞（は…）＋いくらですか。
wa ikura desuka

替換單字

一晩 いっぱく **1泊** ippaku	一個人 ひとり **1人** hitori

兩張單人床房間 **ツインは** tsuin wa	一張雙人床房間 **ダブルは** daburu wa
單人床房間 **シングルは** shinguru wa	這個房間 **この部屋は** kono heya wa
總統套房 **スイートルームは** suiito-ruumu wa	兩個人 ふたり **2人で** futari de

我想預約。
予約したいです。
yoyakushitai desu

有附早餐嗎？
朝食はつきますか。
chooshoku wa tsukimasuka

那樣就可以了。
それでお願いします。
sore de onegai shimasu

三個人可以住同一間房間嗎？
3人1部屋でいいですか。
sannin hitoheya de ii desuka

有餐廳嗎？
レストランはありますか。
resutoran wa arimasuka

有沒有更便宜的房間？
もっと安い部屋はありませんか。
motto yasui heya wa arimasenka

幾點開始住宿登記？
チェックインは何時からですか。
chekku-in wa nanji kara desuka

您預約的是三晚住宿，不含餐食。
お食事なしの３泊で 承 っております。
oshokuji nashi no san-paku de uketamawatte orimasu

若是多加一千零五十日圓，就可以享用早餐。
プラス 1,050 円でご朝食が付けられますが。
purasu sengojuu-en de gochooshoku ga tukeraremasuga

那麼，就這樣吧。
じゃ、お願いします。
ja, onegai shimasu

不，不用了。
いえ、けっこうです。
ie, kekkoo desu

請問可以進去房間了嗎？
もう部屋に入れますか。
moo heya ni hairemasuka

我馬上為您確認。
ただ今確認いたします。
tada ima kakunin itashimasu

行前準備

正式起飛

旅宿時光

味蕾「趣」

私房路線

遊玩空間

血拚購物

看見日本

突發狀況

已經可以使用了。

もうお使いになれます。

moo otsukaini naremasu

非常抱歉，現在還沒有準備好。

恐れ入りますがまだご準備ができておりません。

osoreirimasuga, mada gojunbi ga dekite orimasen

可以先寄放行李嗎？（尚未入住時）

荷物だけ預かってもらえますか。

nimotsu dake azukatte moraemasuka

沒有門禁。

門限はございません。

mongen wa gozaimasen

門禁是十二點。

門限は 12 時でございます。

mongen wa juuniji de gozaimasu

如果您將於十二點以後回來，請在出門前告知一聲。

お帰りが 12 時を過ぎる場合は、お出かけ前におっしゃってください。

okaeri ga juuniji o sugiru baai wa, odekake-mae ni osshatte kudasai

我知道了。（飯店服務人員用語）

かしこまりました。

kashikomarimashita

請問公用浴池在幾樓呢？

大浴場は何階ですか。

daiyokujoo wa nangai desuka

請問附近有可以吃到懷石料理的餐廳嗎？

近くで懐石料理が食べられる店はありますか。

chikaku de kaiseki ryoori ga taberareru mise wa arimasuka

我想在房間裡使用網路。
部屋でネットが使いたいです。
heya de netto ga tsukaitai desu

使用時請依照這裡的說明。
こちらの説明に沿ってお使いください。
kochira no setsumee ni sotte otsukai kudasai

早餐是日式和西式兼具的自助餐。
ご朝食は和洋バイキングです。
gochooshoku wa wayoo baikingu desu

早餐時段是從七點到九點。
ご朝食は7時から9時まででございます。
gochooshoku wa shichiji kara kuji made de gozaimasu

這是女性房客專屬的禮物。
こちらは女性のお客様へのプレゼントでございます。
kochira wa josee no okyakusama e no purezento de gozaimasu

請填寫從這裡到這裡的項目。
ここからここまでご記入ください。
koko kara koko made gokinyuu kudasai

請將鑰匙插在房門的旁邊。
ドアのそばに鍵を挿すところがございます。
doa no soba ni kagi o sasu tokoro ga gozaimasu

自動販賣機位於一樓電梯旁。
自動販売機は1階エレベーター横にございます。
jidoohanbaiki wa ikkai erebeetaa yoko ni gozaimasu

行前準備

正式起飛

旅宿時光

味蕾「趣」

私房路線

遊玩空間

血拚購物

看見日本

突發狀況

可以麻煩您先預刷一張信用卡的空白簽帳單嗎？

カードの控えを取らせていただいてよろしいですか。
kaado no hikae o torasete itadaite yoroshii desuka

需收取百分之十的服務費。

サービス料が 10 パーセントかかります。
saabisuryoo ga juppaasento kakarimasu

我想要寄放貴重物品。

貴重品を預かってほしいんですが。
kichoohin o azukatte hoshiin desuga

請確認裡面的物品是否無誤。

中身はこれで間違いございませんか。
nakami wa kore de machigai gozaimasenka

對，沒問題。

はい、大丈夫です。
hai, daijoobu desu

請使用您房間裡的保險箱。

お部屋のセーフティ・ボックスをご利用ください。
oheya no seefuti bokkusu o goriyoo kudasai

我可以拿走這個嗎？（宣傳單等）

これ、いただいてもいいですか。
kore, itadaitemo ii desuka

好的，歡迎取用。

はい、どうぞお持ちください。
hai, doozo omochi kudasai

可以傳真嗎？
ファックス送れますか。
fakkusu okuremasuka

我不知道該怎麼使用煮水壺。
湯沸しの使い方が分かりません。
yuwakashi no tsukaikata ga wakarimasen

廁所正在漏水。
トイレの水が漏れています。
toire no mizu ga morete imasu

您出門的期間有電話留言。
お留守の間にお電話がございました。
orusu no aida ni odenwa ga gozaimashita

喂？敝姓陳。
もしもし、陳ですが。
moshimoshi, chin desuga

您有電話，現在為您轉接。
お電話でございます。おつなぎいたします。
odenwa de gozaimasu. otsunagi itashimasu

好像是撥錯號碼了。(接到對方打錯電話時)
番号をお間違えのようです。
bangoo o omachigae no yoo desu

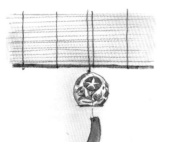

行前準備

正式起飛

旅宿時光

味蕾「趣」

私房路線

遊玩空間

血拚購物

看見日本

突發狀況

敝姓陳。

こちらは陳です。
kochira wa chin desu

這裡沒有姓佐藤的人。

佐藤という人はいません。
satoo to iu hito wa imasen

這樣啊？對不起。（打錯電話時）

そうですか。すみません。
soo desuka. sumimasen.

可以把行李寄放到傍晚嗎？

夕方まで荷物を預かってもらえますか。
yuugata made nimotsu o azukatte moraemasuka

這是領取證。

こちらは引換証でございます。
kochira wa hikikaeshoo de gozaimasu

這樣已經完成退房手續了。（飯店服務人員用語）

これでけっこうです。
kore de kekkoo desu

請慢走，路上小心。

お気をつけて行ってらっしゃいませ。
oki o tsukete itterasshaimase

行前準備

正式起飛

旅宿時光

味蕾「趣」

私房路線

遊玩空間

血拚購物

看見日本

突發狀況

句型 麻煩 ＿＿＿＿＿。

<u>名詞</u>＋をお願いします。
o onegai shimasu

替換單字

入房登記
チェックイン
chekku-in

行李	簽名	說明	鑰匙
荷物	**サイン**	説明	鍵
nimotsu	sain	setsumee	kagi

有預約。
予約してあります。
yoyakushite arimasu

沒預約。
予約してありません。
yoyakushite arimasen

我叫李明寶。
李明宝といいます。
ri meehoo to iimasu

幾點退房？
チェックアウトは何時ですか。
chekku-auto wa nanji desuka

在哪裡吃早餐？
朝食はどこで食べますか。
chooshoku wa doko de tabemasuka

有保險箱嗎？
金庫はありますか。
kinko wa arimasuka

有街區的地圖嗎？
街の地図はありますか。
machi no chizu wa arimasuka

請幫我搬行李。
荷物を運んでください。
nimotsu o hakonde kudasai

客服 TRACK13

> 句型 請 _____ 。
>
> **名詞＋を＋動詞＋ください。**
> 　　　　o　　　　　　kudasai

替換單字

房間／更換
部屋／替えて
へや　か
heya　kaete

熨斗／借我
アイロン／貸して
か
airon　kashite

行李／搬運
荷物／運んで
に もつ　はこ
nimotsu　hakonde

地方／告訴我
場所／教えて
ば しょ　おし
basho　oshiete

使用方法／教
使い方／教えて
つか　かた　おし
tsukaikata　oshiete

毛巾／更換
タオル／換えて
か
taoru　kaete

床單／更換
シーツ／換えて
か
shiitsu　kaete

請打掃房間。
部屋を掃除してください。
へ や　　そうじ
heya o soojishite kudasai

請再給我一條毛巾。
タオルをもう1枚ください。
いちまい
taoru o moo ichimai kudasai

鑰匙不見了。
鍵をなくしました。
かぎ
kagi o nakushimashita

沒有開瓶器。
栓抜きがありません。
せん ぬ
sennuki ga arimasen

可以給我冰塊嗎？
氷はもらえますか。
こおり
koori wa moraemasuka

電視是壞的。
テレビが壊れています。
こわ
terebi ga kowarete imasu

房間好冷。
部屋が寒いです。
heya ga samui desu

我要英文版報紙。
英語の新聞がほしいです。
eego no shinbun ga hoshii desu

衣架不夠。
ハンガーが足りません。
hangaa ga tarimasen

100 號客房。
100 号室です。
hyakugooshitsu desu

我要客房點餐服務。
ルームサービスをお願いします。
ruumu-saabisu o onegai shimasu

給我一客比薩。
ピザを一つください。
piza o hitotsu kudasai

早上 6 點請叫醒我。
朝6時にモーニングコールをお願いします。
asa rokuji ni mooningu-kooru o onegai shimasu

私の旅行小趣事...

行前準備

正式起飛

旅宿時光

味蕾「趣」

私房路線

遊玩空間

血拚購物

看見日本

突發狀況

麻煩幫我安排按摩服務。

マッサージをお願いします。
massaaji o onegai shimasu

想預約餐廳。

レストランの予約をしたいです。
resutoran no yoyaku o shitai desu

想打國際電話。

国際電話をかけたいです。
kokusai-denwa o kaketai desu

有游泳池嗎？

プールはありますか。
puuru wa arimasuka

相關單字

衛生紙
トイレットペーパー toirettopeepaa

吹風機	洗髮精	潤絲精
ドライヤー doraiyaa	**シャンプー** shanpuu	**リンス** rinsu

刷牙用具組	淋浴	開瓶器
歯磨きセット hamigaki-setto	**シャワー** shawaa	**栓抜き** sennuki

小刀	枕頭	棉被
ナイフ naifu	**枕** makura	**布団** futon

毛毯	床單
毛布 moofu	**シーツ** shiitsu

我要退房。

チェックアウトをお願いします。
chekku-auto o onegai shimasu

這是什麼？

これは何ですか。
kore wa nan desuka

沒有使用迷你吧。

ミニバーは利用していません。
mini-baa wa riyooshite imasen

請給我收據。

領収書をください。
ryooshuusho o kudasai

麻煩我要刷卡。

カードでお願いします。
kaado de onegai shimasu

請簽名。

サインしてください。
sain shite kudasai

麻煩確認一下。

確認をお願いします。
kakunin o onegai shimasu

相關單字

冰箱	明細
冷蔵庫 reezooko	**明細** meesai

稅金	服務費	迷你吧	收據
税金 zeekin	**サービス料** saabisuryoo	**ミニバー** mini-baa	**領収書** ryooshuusho

電話費	傳真費用
電話代 denwadai	**ファックス代** fakkusudai

行前準備

正式起飛

旅宿時光

味蕾「趣」

私房路線

遊玩空間

血拼購物

看見日本

突發狀況

MEMO

肆 4

單元 美食尋訪 訂位點餐 結帳

美味上桌，犒賞味蕾「趣」

話題のグルメを味わう

句型 _____ 多少錢？

名詞＋數量＋いくらですか。
ikura desuka

替換單字

豆沙糯米飯糰／兩個 おはぎ／二つ（ふた） ohagi　futatsu	

麻薯／三個
おもち／三つ（みっ）
omochi　mittsu

豆沙糯米飯糰／兩個
おはぎ／二つ（ふた）
ohagi　futatsu

仙貝／一盒
お煎餅／一箱（ひとはこ）
osenbee　hitohako

銅鑼燒／四個
どら焼き（や）／四つ（よっ）
dorayaki　yottsu

這個／一個
これ／一つ（ひと）
kore　hitotsu

蘋果／一堆
りんご／1山（ひとやま）
ringo　hitoyama

花／一束
花（はな）／1束（ひとたば）
hana　hitotaba

茄子／一盤
なす／1皿（ひとさら）
nasu　hitosara

雨傘／一支
かさ／1本（いっぽん）
kasa　ippon

刨冰／一份
かき氷（ごおり）／一つ（ひと）
kakigoori　hitotsu

秋刀魚／一盤
さんま／1皿（ひとさら）
sanma　hitosara

麻薯丸子／兩串
お団子（だんご）／2串（ふたくし）
odango　futakushi

礦泉水／一瓶
ミネラルウォーター／1本（いっぽん）
mineraru-wootaa　ippon

葡萄／一盒
ぶどう／1箱
budoo hitohako

罐裝啤酒／一罐
缶ビール／1本
kan-biiru ippon

紙巾／一包
ティッシュ／一つ
tisshu hitotsu

歡迎光臨。
いらっしゃいませ。
irasshaimase

可以試吃嗎？
試食してもいいですか。
shishokushitemo ii desuka

這個請給我一盒。
これをワンパックください。
kore o wanpakku kudasai

算我便宜一點嘛！
まけてくださいよ。
makete kudasaiyo

再買一個。
もう一つ買います。
moo hitotsu kaimasu

全部多少錢？
全部でいくらですか。
zenbu de ikura deuska

有沒有更便宜的？
もっと安いのはありますか。
motto yasui no wa arimasuka

這好吃嗎？
これは、おいしいですか。
kore wa, oishii desuka

行前準備
正式起飛
旅宿時光
味蕾「趣」
私房路線
遊玩空間
血拼購物
看見日本
突發狀況

句型 附近有 _____ 嗎？

ちか
近くに＋商店＋はありますか。
chikaku ni　　　　　　wa arimasuka

替換單字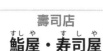

	拉麵店 ラーメン屋 raamen-ya
壽司店 鮨屋・寿司屋 sushi-ya	開放式咖啡店 オープンカフェ oopun-kafe
闔家餐廳 ファミリーレストラン famirii-resutoran	義大利餐廳 イタリア料理店 itaria-ryoori-ten
印度餐廳 インド料理店 indo-ryoori-ten	中華料理店 中華料理店 chuuka-ryoori-ten
牛丼飯專賣店 牛丼屋 gyuudon-ya	烤肉店 焼き肉屋 yakiniku-ya
日本料理店 日本料理店 nihon-ryoori-ten	迴轉壽司店 回転鮨・回転寿司 kaiten-zushi
料亭（日本傳統料理店） 料亭 ryootee	披薩店 ピザ屋 piza-ya

價錢多少？
値段はどれくらいですか。
nedan wa dore kurai desuka

好吃嗎？
おいしいですか。
oishii desuka

地方在哪裡？
場所はどこですか。
basho wa doko desuka

想吃壽司。
鮨が食べたいです。
sushi ga tabetai desu

有天婦羅店嗎？
天ぷら屋はありますか。
tenpura-ya wa arimasuka

什麼好吃呢？
何がおいしいですか。
nani ga oishii desuka

你推薦什麼？
おすすめはなんですか。
osusume wa nan desuka

私の旅行小趣事...

行前準備

正式起飛

旅宿時光

味蕾「趣」

私房路線

遊玩空間

血拚購物

看見日本

突發狀況

句型 給我 _____ 。

名詞＋ください。
kudasai

替換單字

漢堡
ハンバーガー
hanbaagaa

薯條	沙拉
フライドポテト	サラダ
furaidopoteto	sarada

可樂	蕃茄醬
コーラ	ケチャップ
koora	kechappu

不好意思，請您先購買餐券。
すみません、先に食券をお求めください。
sumimasen, saki ni shokken o omotome kudasai

請問是內用嗎？
こちらでお召し上がりですか。
kochira de omeshiagari desuka

請問要外帶嗎？
お持ち帰りですか。
omochikaeri desuka

在這裡吃。
ここで食べます。
koko de tabemasu

外帶。
テイクアウトします。
teiku-autoshimasu

全部多少錢？
全部でいくらですか。
zenbu de ikura desuka

請給我大的。
大きいのをください。
ookii no o kudasai

我要附咖啡。
コーヒーを付けてください。
koohii o tsukete kudasai

也給我砂糖跟奶精。
砂糖とミルクもください。
satoo to miruku mo kudasai

有餐巾嗎？
ナプキンはありますか。
napukin wa arimasuka

便當要加熱嗎？
お弁当は温めますか。
obentoo wa atatamemasuka

幫我加熱。
温めてください。
atatamete kudasai

需要筷子嗎？
お箸はいりますか。
ohashi wa irimasuka

收您一千日圓。
1,000円お預かりします。
sen-en oazukari shimasu

找您兩百日圓。
200円のおつりです。
nihyaku-en no otsuri desu

需要湯匙嗎？
スプーンはいりますか。
supuun wa irimasuka

麻煩您。
お願いします。
onegai shimasu

果汁在哪裡？
ジュースはどこですか。
juusu wa dokodesuka

請給我 70 日圓的郵票。
70 円切手をください。
nanajuu-en kitte o kudasai

行前準備
正式起飛
旅宿時光
味蕾「趣」
私房路線
遊玩空間
血拚購物
看見日本
突發狀況

相關單字

便利商店
コンビニ（エンスストア）
konbini(ensu-sutoa)

收銀台	咖啡	果汁	熱狗堡
レジ	**コーヒー**	**ジュース**	**ホットドッグ**
reji	koohii	juusu	hotto-doggu

袋子 ふくろ	找零	打折 わりびき	降價、減價 ね び
袋	**おつり**	**割引**	**値引き**
fukuro	otsuri	waribiki	nebiki

碗麵	小點心	保特瓶
カップラーメン	**スナック菓子** が し	**ペットボトル**
kappu-raamen	sunakku-gashi	petto-botoru

句型　在＿＿＿。

時間＋で＋人數＋です。
　　　de　　　desu

替換單字

今晚7點／兩人 こんばんしちじ　ふたり
今晚7時／2人
konban shichiji futari

明晚8點／四人 あした　よるはちじ　よにん
明日の夜8時／4人
ashita no yoru hachiji yonin

今天6點／三個人 きょう　ろくじ　さんにん
今日の6時／3人
kyoo no rokuji sannin

星期六8點／十個人 どようび　はちじ　じゅうにん
土曜日の8時／10人
doyoobi no hachiji juunin

我姓李。
李と申します。
ri to mooshimasu

套餐多少錢？

コースはいくらですか。
koosu wa ikura desuka

請給我靠窗的座位。
窓側の席をお願いします。
madogawa no seki o onegai shimasu

請問您要吸菸嗎？
おタバコはお吸いになりますか。
otabako wa osui ni narimasuka

目前的時段是全餐廳禁煙。
ただ今のお時間は全席禁煙となっております。
tada ima no ojikan wa zenseki kin'en to natte orimasu

請問您想坐榻榻米式的座席，還是桌椅式的座位？
座敷とテーブル席どちらがよろしいですか。
zashiki to teeburuseki dochira ga yoroshii desuka

請問吧臺座位可以嗎？
カウンターでもよろしいですか。
kauntaa demo yoroshii desuka

請問可以換到那邊的座位嗎？
あちらの席に移ってもいいですか。
achira no seki ni utsuttemo ii desuka

行前準備

正式起飛

旅宿時光

味蕾「趣」

私房路線

遊玩空間

血拚購物

看見日本

突發狀況

也有壽喜燒嗎？
すき焼きもありますか。
sukiyaki mo arimasuka

也能喝酒嗎？
お酒も飲めますか。
osake mo nomemasuka

從車站很近嗎？
駅から近いですか。
eki kara chikai desuka

請多多指教。
よろしくお願いします。
yoroshiku onegai shimasu

我姓李，預約7點。
李です。7時に予約してあります。
ri desu. shichiji ni yoyakushite arimasu

四人。
4人です。
yonin desu

有非吸煙區嗎？
禁煙席はありますか。
kin'enseki wa arimasuka

沒有預約。
予約してありません。
yoyakushite arimasen

要等多久？
どれくらい待ちますか。
dore kurai machimasuka

有很多人嗎？
混んでいますか。
konde imasuka

那麼，我下次再來。
では、またにします。
dewa, mata ni shimasu

那麼，我等。
では、待ちます。
dewa, machimasu

有靠窗的位子嗎？
窓際はあいていますか。
madogiwa wa aite imasuka

相關單字

吸煙區 きつえんせき **喫煙席** kitsuenseki	包廂 こ しつ **個室** koshitsu

席位已滿 まんせき **満席** manseki	空出 あ **空く** aku	餐桌 **テーブル** teeburu	吧臺 **カウンター** kauntaa

請給我菜單。
メニューを見せてください。
menyuu o misete kudasai

我要點菜。
ちゅうもん ねが
注文をお願いします。
chuumon o onegai shimasu

推薦菜是什麼？
りょう り なん
おすすめ料理は何ですか。
osusume-ryoori wa nan desuka

 這是什麼樣的菜？
りょう り
これは、どんな料理ですか。
kore wa, donna ryoori desuka

是魚還是肉？
さかな にく
魚ですか。肉ですか。
sakana desuka. niku desuka

有什麼點心？
なに
デザートは、何がありますか。
dezaato wa, nani ga arimasuka

 那麼我要這個。
では、これにします。
dewa, kore ni shimasu

麻煩兩個 B 套餐。
ふた ねが
Bコースを二つ、お願いします。
bii-koosu o futatsu, onegai shimasu

 飲料有咖啡和紅茶，請問您要哪一種？
の もの こうちゃ
お飲み物はコーヒー、紅茶、どちらがよろしいですか。
onomimono wa koohii, koocha, dochira ga yoroshii desuka

行前準備

正式起飛

旅宿時光

味蕾「趣」

私房路線

遊玩空間

血拚購物

看見日本

突發狀況

飲料的選擇有咖啡、紅茶、烏龍茶和柳橙汁。

お飲み物はコーヒー、紅茶、ウーロン茶、
オレンジジュースからお選びいただけます。

onomimono wa koohii, koocha, uuroncha, orenji-juusu kara oerabi itadakemasu

請問您的紅茶要加入牛奶還是檸檬片呢？

紅茶はミルクとレモンどちらをお付けしますか。

koocha wa miruku to remon dochira o otsuke shimasuka

只要加一百五十日圓，就可以附上湯、沙拉和飲料變成套餐。

１５０円追加でスープ、サラダ、飲み物のセットが付きます。

hyakugojuu-en tsuika de suupu, sarada, nomimono no setto ga tsukimasu

這樣嗎？那麼我要套餐。

そうですか。ではセットで。

soo desuka. dewa setto de

不用了。

けっこうです。

kekkoo desu

今天的推薦菜品寫在那邊的黑板上。

本日のおすすめはあちらの黒板に書いてございます。

honjitsu no osusume wa achira no kokuban ni kaite gozaimasu

不好意思，那部分的菜品今天已經販售完畢。

すみませんが、そちらは今日はもう終わってしまいましたので。

sumimasenga, sochira wa kyoo wa moo owatte shimaimashita node

請問這道菜裡面有放肉嗎？

これ、肉は入っていませんか。

kore, niku wa haitte imasenka

請問飲料要什麼時候送上呢？
お飲み物はいつお持ちしましょうか。
onomimono wa itsu omochishimashooka

麻煩一下。（呼喚餐廳服務人員時）
すみません。
sumimasen

× ＋ × ＋ × ＋ × × ＋ × ＋ × ＋ × ＋

行前準備

正式起飛

旅宿時光

味蕾「趣」

私房路線

遊玩空間

血拼購物

看見日本

突發狀況

句型 我要 _____ 。

料理＋にします。
ni shimasu

替換單字

壽司 **鮨・寿司** sushi	天婦羅套餐 **天ぷら定食** tenpura teeshoku

涮涮鍋 **しゃぶしゃぶ** shabushabu	壽喜燒 **すき焼き** sukiyaki	炸豬排 **とんカツ** tonkatsu	黑輪 **おでん** oden
鰻魚飯 **うな重** unajuu	烏龍麵 **うどん** udon	拉麵 **ラーメン** raamen	手捲 **手巻き** temaki
豬排飯 **カツ丼** katsudon	梅花套餐 **梅定食** ume teeshoku	A套餐 **Aコース** ee koosu	披薩 **ピザ** piza

義大利麵	燒賣	烤肉	韓國泡菜
スパゲッティ supagetti	**シューマイ** shuumai	**焼き肉** yakiniku	**キムチ** kimuchi

印度咖哩	北京烤鴨	牛排	三明治
インドカレー indo-karee	**北京ダック** pekin-dakku	**ステーキ** suteeki	**サンドイッチ** sandoicchi

蛋包飯	那個	咖哩飯
オムライス omu-raisu	**それ** sore	**カレーライス** karee-raisu

句型

Q：お飲み物は？
onomimono wa

飲料呢？

A：飲料＋をください。
o kudasai

給我 ＿＿＿＿ 。

替換單字

烏龍茶	紅茶
ウーロン茶 uuroncha	**紅茶** koocha

咖啡	柳橙汁	濃縮咖啡
コーヒー koohii	**オレンジジュース** orenji-juusu	**エスプレッソ** esupuresso

卡布奇諾	檸檬茶	奶茶
カプチーノ kapuchiino	**レモンティー** remon-tii	**ミルクティー** miruku-tii

行前準備

正式起飛

旅宿時光

味蕾「趣」

私房路線

遊玩空間

血拼購物

看見日本

突發狀況

可樂	七喜	檸檬汽水
コーラ koora	セブンアップ sebun-appu	レモンサイダー remon-saidaa

咖啡歐蕾	冰紅茶	可可亞
カフェオレ kafe-ore	アイスティー aisu-tii	ココア kokoa

句型

Q：デザートはいかがですか。
dezaato wa ikaga desuka

您要甜點嗎？

A：甜點＋をください。
o kudasai

給我 ＿＿＿＿＿。

替換單字

布丁	蛋糕
プリン purin	ケーキ keeki

聖代	冰淇淋	霜淇淋
パフェ pafe	アイスクリーム aisu-kuriimu	ソフトクリーム sofuto-kuriimu

日式櫻花糕點	羊羹
桜餅（さくらもち） sakura-mochi	羊羹（ようかん） yookan

紅豆蜜	三色豆沙糯米糰子
あんみつ anmitsu	三色おはぎ（さんしょく） sanshoku-ohagi

飲料跟餐點一起上，還是飯後送？
お飲み物は食事と一緒ですか。食後ですか。
onomimono wa shokuji to issho desuka. shokugo desuka

請飯後再上。
食後にお願いします。
shokugo ni onegai shimasu

麻煩一起送來。
一緒にお願いします。
issho ni onegai shimasu

麻煩只要砂糖就好。
砂糖だけ、お願いします。
satoo dake, onegai shimasu

要幾個杯子？
グラスはいくつご入用ですか。
gurasu wa ikutsu goiriyoo desuka

超好用單字表：數量

一個 ひと **一つ** hitotsu		二個 ふた **二つ** futatsu

三個 みっ **三つ** mittsu	四個 よっ **四つ** yottsu	五個 いつ **五つ** itsutsu	六個 むっ **六つ** muttsu
七個 なな **七つ** nanatsu	八個 やっ **八つ** yattsu	九個 ここの **九つ** kokonotsu	
十個 とお **十** too		幾個 **いくつ** ikutsu	

麻煩結帳。
お勘定をお願いします。
<ruby>勘定<rt>かんじょう</rt></ruby> <ruby>願<rt>ねが</rt></ruby>
okanjoo o onegai shimasu

我們各付各的。
別々でお願いします。
<ruby>別々<rt>べつべつ</rt></ruby> <ruby>願<rt>ねが</rt></ruby>
betsubetsu de onegai shimasu

請一起結帳。
一緒でお願いします。
<ruby>一緒<rt>いっしょ</rt></ruby> <ruby>願<rt>ねが</rt></ruby>
issho de onegai shimasu

這張信用卡能用嗎？
このカードは使えますか。
<ruby>使<rt>つか</rt></ruby>
kono kaado wa tsukaemasuka

我要刷卡。
カードでお願いします。
<ruby>願<rt>ねが</rt></ruby>
kaado de onegai shimasu

請問您有集點卡嗎？
ポイントカードはお持ちですか。
<ruby>持<rt>も</rt></ruby>
pointokaado wa omochi desuka

請問抬頭是寫「上先生」嗎？（收據不特別署名時）
上様でよろしいですか。
<ruby>上様<rt>うえさま</rt></ruby>
ue-sama de yoroshii desuka

我只有萬圓大鈔，麻煩您了。
1万円でお願いします。
<ruby>一万円<rt>いちまんえん</rt></ruby> <ruby>願<rt>ねが</rt></ruby>
ichiman-en de onegai shimasu

謝謝您的招待；我吃飽了。
ごちそう様でした。
<ruby>様<rt>さま</rt></ruby>
gochisoosama deshita

真是好吃。
おいしかったです。
oishikatta desu

相關單字

點菜	費用
<ruby>注文<rt>ちゅうもん</rt></ruby>	<ruby>費用<rt>ひよう</rt></ruby>
注文	**費用**
chuumon	hiyoo

現金	付錢	信用卡
<ruby>現金<rt>げんきん</rt></ruby>	<ruby>払<rt>はら</rt></ruby>う	
現金	**払う**	**クレジットカード**
genkin	harau	kurejitto-kaado

收銀台	服務費	零錢
	<ruby>料<rt>りょう</rt></ruby>	
レジ	**サービス料**	**おつり**
reji	saabisu-ryoo	otsuri

超好用單字表：
時間

一點 いちじ **1時** ichiji	兩點 にじ **2時** niji

三點 さんじ **3時** sanji	四點 よじ **4時** yoji	五點 ごじ **5時** goji	六點 ろくじ **6時** rokuji
七點 しちじ **7時** shichiji	八點 はちじ **8時** hachiji	九點 くじ **9時** kuji	十點 じゅうじ **10時** juuji

十一點 じゅういちじ **１１時** juuichiji	十二點 じゅうにじ **１２時** juuniji
一點十五分 いちじ じゅうご ふん **1時 15分** ichijijuugofun	一點三十分 いちじ さんじゅっぷん **1時30分** ichijisanjuppun
一點四十五分 いちじ よんじゅうご ふん **1時 45分** ichijiyonjuugofun	兩點十五分 にじ じゅうご ふん **2時 15分** nijijuugofun
兩點半 にじはん **2時半** nijihan	兩點四十五分 にじ よんじゅうご ふん **2時 45分** nijiyonjuugofun
三點半 さんじ はん **3時半** sanjihan	四點半 よじ はん **4時半** yojihan
五點半 ごじ はん **5時半** gojihan	六點十五分前 ろくじ じゅうご ふんまえ **6時 15分前** rokujijuugofun-mae
七點整 しちじ **7時ちょうど** shichiji-choodo	幾點幾分 なんじ なんぷん **何時何分** nanji napun

伍 5

單元
電車・公車
計程車・租車
迷路

探索私房路線，素人變達人

雰囲気のいい道をお散歩しよう

句型 我想到 _____ 。

場所＋まで行きたいです。
made ikitai desu

替換單字

新宿 しんじゅく **新宿** shinjuku	

台場 だいば **お台場** odaiba	淺草 あさくさ **浅草** asakusa

東京晴空塔 とうきょう **東京スカイツリー** tookyoo-sukaitsurii	澀谷車站 しぶやえき **渋谷駅** shibuya-eki

原宿車站 はらじゅくえき **原宿駅** harajuku-eki	上野 うえの **上野** ueno

銀座 ぎんざ **銀座** ginza	青山一丁目 あおやまいっちょうめ **青山一丁目** aoyama-icchoome

六本木 ろっぽんぎ **六本木** roppongi	羽田 はねだ **羽田** haneda	品川 しながわ **品川** shinagawa

下一班電車幾點？
つぎ でんしゃ なんじ
次の電車は何時ですか。
tsugi no densha wa nanji desuka

秋葉原車站會停嗎？
あきはばらえき
秋葉原駅にとまりますか。
akihabara-eki ni tomarimasuka

94

在品川車站換車嗎？
品川駅で乗り換えればいいですか。
shinagawa-eki de norikaereba ii desuka

下一站是哪裡？
次の駅はどこですか。
tsugino eki wa doko desuka

在哪裡換車？
どこで乗り換えたらいいですか。
doko de norikaetara ii desuka

這輛電車往東京嗎？
この電車は、東京に行きますか。
kono densha wa, tookyoo ni ikimasuka

想去赤坂。
赤坂まで行きたいです。
akasaka made ikitai desu

在哪裡下車好呢？
どこで降りればいいですか。
doko de orireba ii desuka

請問京葉線在哪裡搭乘呢？
京葉線はどちらですか。
keeyoo-sen wa dochira desuka

請問下一班電車會停靠○○嗎？
次の電車は○○に止まりますか。
tsugi no densha wa ○○ ni tomarimasuka

私の旅行小趣事 ...

行前準備
正式起飛
旅宿時光
味蕾「趣」
私房路線
遊玩空間
血拚購物
看見日本
突發狀況

相關單字

車子 くるま **車** kuruma	新幹線 しんかんせん **新幹線** shinkansen

電車 でんしゃ **電車** densha	公車 **バス** basu	人力車 じんりきしゃ **人力車** jinrikisha	救護車 きゅうきゅうしゃ **救急車** kyuukyuusha

計程車 **タクシー** takushii	警車 **パトカー（「パトロールカー」の略）** patokaa	消防車 しょうぼうしゃ **消防車** shooboosha

機車 **バイク** baiku	腳踏車 じ てんしゃ **自転車** jitensha	貨車 **トラック** torakku	船 ふね **船** fune

遊艇 **フェリー** ferii	飛機 ひ こう き **飛行機** hikooki	直昇機 **ヘリコプター** herikoputaa

小船 **ボート** booto	單軌電車 **モノレール** monoreeru

私の旅行小趣事...

公車站在哪裡？
バス停はどこですか。
basutee wa doko desuka

這台公車去東京車站嗎？
このバスは東京駅へ行きますか。
kono basu wa tookyoo-eki e ikimasuka

有往澀谷嗎？
渋谷へは行きますか。
shibuya e wa ikimasuka

幾號公車能到？
何番のバスが行きますか。
nanban no basu ga ikimasuka

東京車站在第幾站？
東京駅はいくつ目ですか。
tookyoo-eki wa ikutsume desuka

在哪裡下車呢？
どこで降りたらいいですか。
doko de oritara ii desuka

到了請告訴我。
着いたら教えてください。
tsuitara oshiete kudasai

多少錢？
いくらですか。
ikura desuka

一千塊日幣可以嗎？
1,000 円札でいいですか。
sen-en-satsu de ii desuka

小孩多少錢？
子どもはいくらですか。
kodomo wa ikura desuka

有到○○飯店嗎？
○○ホテルへ行きますか。
hoteru e ikimasuka

下一班巴士幾點？
次のバスは何時ですか。
tsugi no basu wa nanji desuka

給我一張到新宿的票。
新宿まで1枚ください。
shinjuku made ichimai kudasai

請往右側出口出去。
右側の出口に出てください。
migigawa no deguchi ni dete kudasai

請在3號乘車處上車。
3番乗り場で乗車してください。
sanban noriba de jooshashite kudasai

我想去澀谷。
渋谷へ行きたいです。
shibuya e ikitai desu

幾號巴士站？
乗り場は何番ですか。
noriba wa nanban desuka

這裡有到新宿嗎？
ここは、新宿行きですか。
koko wa, shinjuku yuki desuka

到東京車站要幾分鐘？
東京駅まで何分ですか。
tookyoo-eki made nanpun desuka

我想在池袋車站前下車。
池袋駅前で降りたいんですが。
ikebukuro-eki-mae de oritain desuga

請等候巴士完全停妥後再從座位站起來。
バスが止まってから席をお立ちください。
basu ga tomatte kara seki o otachi kudasai

請恕無法找零。
お釣りはでません。
otsuri wa demasen

請先用兌換機把整鈔找開，再支付車資。
両替機で両替の上、お支払いください。
りょうがえき りょうがえ うえ しはら
ryoogaeki de ryoogae no ue, oshiharai kudasai

請問回程的巴士站在哪裡呢？
帰りのバス停はどこですか。
かえ てい
kaeri no basutee wa doko desuka

兒童是半價。
子供は半額です。
こども はんがく
kodomo wa hangaku desu

零頭將進位成整數。
端数は切り上げです。
はすう き あ
hasuu wa kiriage desu

相關單字

路線圖 路線図 ろ せん ず rosenzu			
車票 乗車券 じょうしゃけん jooshaken	門 ドア doa	下一站 次 つぎ tsugi	博愛座 優先席 ゆうせんせき yuusenseki
吊環 つり革 かわ tsurikawa		搖晃 揺れる ゆ yureru	車票 切符 きっぷ kippu
售票處 売り場 う ば uriba	機場巴士 リムジンバス rimujin-basu	乘車處 乗り場 の ば noriba	一號巴士站 １番乗り場 いちばん の ば ichiban noriba
排隊 並ぶ なら narabu	往新宿 新宿行き しんじゅく ゆ shinjuku yuki	往東京車站 東京駅行き とうきょうえき ゆ tookyoo-eki yuki	東京都中心區 都内 と ない tonai

行前準備

正式起飛

旅宿時光

味蕾「趣」

私房路線

遊玩空間

血拚購物

看見日本

突發狀況

句型 請到 _____ 。

場所＋までお願いします。
made onegai shimasu

替換單字

王子飯店
プリンスホテル purinsu hoteru

上野車站 うえ の えき **上野駅** ueno-eki	這裡（拿地圖或地址給對方看） **ここ** koko

| 成田機場
なり た くうこう
成田空港
narita-kuukoo | 六本木新城
ろっぽん ぎ
六本木ヒルズ
roppongi-hiruzu |

國立博物館 こくりつはくぶつかん **国立博物館** kokuritsu-hakubutsukan

到那裡要花多少時間？

そこまでどれくらいかかりますか。
soko made dore kurai kakarimasuka

路上常塞車嗎？
みち こ
道は、混んでいますか。
michi wa, konde imasuka

請向右轉。
みぎ ま
右に曲がってください。
migi ni magatte kudasai

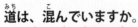

前面右轉。
さき みぎ
その先を右へ。
sono saki o migi e

請在第三個轉角左轉。
三つ目の角を左へ曲がってください。
mittsume no kado o hidari e magatte kudasai

請直走。
まっすぐ行ってください。
massugu itte kudasai

請在那裡停車。
そこで停めてください。
soko de tomete kudasai

這裡就可以了。
ここでいいです。
koko de iidesu

謝謝您。（下計程車時）
お世話様でした。
osewasama deshita

我想租車。
車を借りたいです。
kuruma o karitai desu

小型車比較好。
小型の車がいいです。
kogata no kuruma ga ii desu

我想租那一部車。
あちらの車を借りたいです。
achira no kuruma o karitai desu

保證金多少？
保証金はいくらですか。
hoshookin wa ikura desuka

有保險嗎？
保険はついていますか。
hoken wa tsuite imasuka

一天多少租金？
一日いくらですか。
ichinichi ikura desuka

車子故障了。
車が故障しました。
kuruma ga koshoo shimashita

這台車還你。
この車を返します。
kono kuruma o kaeshimasu

傍晚還車。
夕方に返します。
yuugata ni kaeshimasu

行前準備

正式起飛

旅宿時光

味蕾「趣」

私房路線

遊玩空間

血拚購物

看見日本

突發狀況

我要還車。

車を返却します。
kuruma o henkyakushimasu

無鉛汽油，請加滿。

レギュラー満タンで。
regyuraa mantan de

請問有沒有要丟的垃圾呢？（加油站人員問話）

ごみはありますか。
gomi wa arimasuka

請抽取乘車券。（上公車時）

整理券をお取りください。
seeriken o otori kudasai

請問可以在○○拋車嗎？（租車想到別處還車時）

○○で乗り捨てできますか。
○○ de norisute dekimasuka

相關單字

租車		
レンタカー		
rentakaa		

國際駕駛執照	契約書	破胎
国際運転免許証	契約書	パンク
kokusai-unten menkyoshoo	keeyakusho	panku
注意	安全開車	聯絡處	備胎
注意	安全運転	連絡先	スペアタイヤ
chuui	anzen-unten	renraku-saki	supea-taiya

句型 ＿＿＿＿ 嗎？

名詞＋は＋形容詞＋ですか。
　　　　wa　　　　　　　desuka

替換單字

車站／遠 駅／遠い eki　tooi	

| 那裡／近
そこ／近い
soko　chikai | 那條道路／寬廣
その道／広い
sono michi　hiroi |

| 前往方式／困難
行き方／難しい
ikikata　muzukashii | 道路／容易辨認
道／分かりやすい
michi　wakari yasui |

 我迷路了。
道に迷いました。
michi ni mayoimashita

請告訴我車站怎麼走？
駅への道を教えてください。
eki e no michi o oshiete kudasai

對不起，可以請教一下嗎？
すみませんが、ちょっと教えてください。
sumimasen ga, chotto oshiete kudasai

上野車站在哪裡？
上野駅はどこですか。
ueno-eki wa doko desuka

新宿要怎麼走呢？
新宿は、どう行けばいいですか。
shinjuku wa, doo ikeba ii desuka

請沿這條路直走。
この道をまっすぐ行ってください。
kono michi o massugu itte kudasai

請在下一個紅綠燈右轉。

<ruby>次<rt>つぎ</rt></ruby>の<ruby>信号<rt>しんごう</rt></ruby>を<ruby>右<rt>みぎ</rt></ruby>に<ruby>曲<rt>ま</rt></ruby>がってください。

tsugi no shingoo o migi ni magatte kudasai

上野車站在左邊。

<ruby>上野駅<rt>うえのえき</rt></ruby>は<ruby>左側<rt>ひだりがわ</rt></ruby>にあります。

ueno-eki wa hidarigawa ni arimasu

南邊是哪一邊？

<ruby>南<rt>みなみ</rt></ruby>はどちらですか。

minami wa dochira desuka

請問我現在的所在位置是在哪裡呢？

<ruby>今<rt>いま</rt></ruby>いるところはどこですか。

ima iru tokoro wa doko desuka

我想去○○。

○○に<ruby>行<rt>い</rt></ruby>きたいんですが。

○○ ni ikitain desuga

不好意思，可以麻煩您幫忙廣播尋人嗎？
（於車站等處跟同行的人走散時）

すみません、<ruby>呼<rt>よ</rt></ruby>び<ruby>出<rt>だ</rt></ruby>しを<ruby>お願<rt>ねが</rt></ruby>いしたいんですが。

sumimasen, yobidashi o onegaishitain desuga

私の旅行小趣事 ...

「玩」全手記特別收錄：說日語、讀日本，搜集一百種感動

陸 6

勝名紀念攝影票居酒屋
典慶單元購

觀察與體驗，豐富的遊玩空間

大満足の名所めぐり

句型 想 _____。

名詞(を…)＋動詞＋たいです。
o　　　　　　　　tai desu

替換單字

煙火／看
花火を／見
hanabi o　mi

慶典／看
お祭りを／見
omatsuri o　mi

迪士尼樂園／去
ディズニーランドへ／行き
dizuniirando e　iki

在游泳池／游泳
プールで／泳ぎ
puuru de　oyogi

往山上／去
山へ／行き
yama e　iki

請給我地圖
地図をください。
chizu o kudasai

博物館現在有開嗎？
博物館は今開いていますか。
hakubutsukan wa ima aite imasuka

這裡可以買票嗎？
ここでチケットは買えますか。
koko de chiketto wa kaemasuka

名產店在哪裡？
みやげ物店はどこにありますか。
miyagemono-ten wa doko ni arimasuka

近代美術館在哪裡？
近代美術館はどこですか。
kindai-bijutsukan wa doko desuka

有壯麗的寺廟嗎？
きれいなお寺はありますか。
kiree na otera wa arimasuka

請推薦一下飯店。
ホテルを紹介してください。
hoteru o shookai shite kudasai

行前準備

正式起飛

旅宿時光

味蕾「趣」

私房路線

遊玩空間

血拚購物

看見日本

突發狀況

名詞＋がいいです。
ga ii desu

替換單字

| 歴史巡遊 |
| 歴史めぐり |
| rekishi-miguri |

美術館巡遊	名勝巡遊
美術館めぐり	名所めぐり
bijutsukan-meguri	meesho-meguri

一日行程	半天行程
1日コース	半日コース
ichinichi koosu	hannichi-koosu

私の旅行小趣事...

有附餐嗎？
食事は付きますか。
shokuji wa tsukimasuka

幾點出發？
出発は何時ですか。
shuppatsu wa nanji desuka

在哪裡集合呢？
どこに集まればいいですか。
doko ni atsumareba ii desuka

有中文導遊嗎？
中国語のガイドはいますか。
chuugoku-go no gaido wa imasuka

有英文導遊嗎？
英語のガイドはいますか。
eego no gaido wa imasuka

要到什麼地方呢？
どんなところに行きますか。
donna tokoro ni ikimasuka

哪個有趣呢？
どれが面白いですか。
dore ga omoshiroi desuka

請問可以從這裡步行到達嗎？
ここから歩いて行けますか。
koko kara aruite ikemasuka

請問大約要走幾分鐘呢？
歩いて何分ぐらいでしょう。
aruite nanpun gurai deshoo

請問您是從哪裡來的呢？
どちらからおいでですか。
dochira kara oide desuka

您是從台灣來的呀？
台湾からいらっしゃったんですか。
taiwan kara irasshattan desuka

句型 可以 _____ 嗎？

名詞＋を＋動詞＋もいいですか。
o mo ii desuka

替換單字

相／照
写真／撮って
shashin totte

煙／抽
タバコ／吸って
tabako sutte

這個／觸摸
これ／触って
kore sawatte

箱子／打開
箱／開けて
hako akete

聲音／放出
声／出して
koe dashite

V8／拍攝
ビデオ／撮って
bideo totte

可以幫我拍照嗎？
写真を撮っていただけますか。
shashin o totte itadakemasuka

只要按這裡就行了。
ここを押すだけです。
koko o osu dake desu

可以一起照張相嗎？
一緒に写真を撮ってもいいですか。
issho ni shashin o tottemo ii desuka

麻煩再拍一張。

もう1枚お願いします。
moo ichimai onegai shimasu

請把那個一起拍進去。

あれと一緒に撮ってください。
are to issho ni totte kudasai

非常抱歉，這裡不能拍照。

恐れ入りますが撮影はご遠慮いただいております。
osoreirimasuga, satsuee wa goenryo itadaite orimasu

句型 ＿＿＿＿＿啊！

形容詞＋名詞＋ですね。
desune

替換單字

很漂亮的／和服 きれいな／着物 kiree na　kimono	很棒的／畫 素敵な／絵 suteki na　e
很棒的／建築物 すごい／建物 sugoi　tatemono	很棒的／作品 すばらしい／作品 subarashii　sakuhin
雄偉的／雕刻 立派な／彫刻 rippa na　chookoku	大的／雕像 大きな／像 ooki na　zoo
	美麗的／陶瓷器皿 美しい／陶器 utsukushii　tooki

入場費多少？
入場料はいくらですか。
nyuujooryoo wa ikura desuka

有館內導遊服務嗎？
館内ガイドはいますか。
kannai gaido wa imasuka

幾點休館？
何時に閉館ですか。
nanji ni heekan desuka

小孩多少錢？
子どもはいくらですか。
kodomo wa ikura desuka

有中文說明嗎？
中国語の説明はありますか。
chuugoku-go no setsumee wa arimasuka

我要風景明信片。
絵はがきがほしいです。
ehagaki ga hoshii desu

○ ○ ○ ○ ○ ○ ○ ○ ○ ○

私の旅行小趣事...

行前準備

正式起飛

旅宿時光

味蕾「趣」

私房路線

遊玩空間

血拼購物

看見日本

突發狀況

句型 給我 _____ 。

名詞＋數量＋お願いします。
onegai shimasu

替換單字

成人／兩張 **大人／2枚** otona　nimai

學生／一張 **学生／1枚** gakusee ichimai	小孩／兩張 **子ども／2枚** kodomo　nimai

大人／十張 **大人／10枚** otona　juumai	中學生／三張 **中学生／3枚** chuugakusee sanmai

---

售票處在哪裡？
チケット売り場はどこですか。
chiketto uriba wa doko desuka

學生有折扣嗎？
学生割引はありますか。
gakusee waribiki wa arimasuka

我要一樓的位子。
1階の席がいいです。
ikkai no seki ga ii desu

有沒有更便宜的座位？
もっと安い席はありますか。
motto yasui seki wa arimasuka

坐哪個位子比較好觀看呢？
どの席が見やすいですか。
dono seki ga miyasui desuka

一張多少錢？
1枚いくらですか。
ichimai ikura desuka

請給我三張。
3枚ください。
sanmai kudasai

麻煩學生一張。

学生1枚、お願いします。
gakusee ichimai onegai shimasu

我有折價券。

割引券を持っています。
waribikiken o motte imasu

我有學生證。

学生証があります。
gakuseeshoo ga arimasu

我想要租用語音導覽設備。

オーディオガイドを使いたいです。
oodio gaido o tsukaitai desu

請問裡面有沒有可以用餐的地方呢？

中に食事のできるところはありますか。
naka ni shokuji no dekiru tokoro wa arimasuka

二樓有餐廳。

2階にレストランがございます。
nikai ni resutoran ga gozaimasu

目前的時段只提供飲品。

ただ今のお時間は喫茶のみとなっております。
tada ima no ojikan wa kissa nomi to natte orimasu

請問閉館是幾點呢？

閉館は何時ですか。
heekan wa nanji desuka

行前準備

正式起飛

旅宿時光

味蕾「趣」

私房路線

遊玩空間

血拼購物

看見日本

突發狀況

今天十一點將有一場海豚的表演秀。

本日は11時にイルカのショーがございます。

honjitsu wa juuichiji ni iruka no shoo ga gozaimasu

我想搭觀光巴士。

観光バスに乗りたいんですが。

kankoo basu ni noritain desuga

請問有中文的導覽團嗎？

中国語のツアーはありますか。

chuugoku-go no tsuaa wa arimasuka

請問費用裡面包括餐費嗎？

食事は料金に含まれていますか。

shokuji wa ryookin ni fukumarete imasuka

請問觀光巴士有臨時加開的班次嗎？

臨時バスは出ますか。

rinji basu wa demasuka

請將擬搭乘日期對應號碼上的銀漆刮除。

使う日の日付のところをけずってください。

tsukau hi no hizuke no tokoro o kezutte kudasai

請問洗手間在哪裡？

トイレはどこですか。

toire wa doko desuka

行前準備

正式起飛

旅宿時光

味蕾「趣」

私房路線

遊玩空間

血拚購物

看見日本

突發狀況

句型 我想看 _____。

名詞＋を<ruby>見<rt>み</rt></ruby>たいです。
o mitai desu

替換單字

電影 **映画** eega	音樂會、演唱會 **コンサート** konsaato

歌劇 **オペラ** opera	歌舞伎 **歌舞伎** kabuki

目前受歡迎的電影是哪一部？
<ruby>今<rt>いま</rt></ruby>、<ruby>人気<rt>にんき</rt></ruby>のある<ruby>映画<rt>えいが</rt></ruby>は<ruby>何<rt>なん</rt></ruby>ですか。
ima, ninki no aru eega wa nan desuka

會上演到什麼時候？
いつまで<ruby>上演<rt>じょうえん</rt></ruby>していますか。
itsumade jooen shite imasuka

下一場幾點上映？
<ruby>次<rt>つぎ</rt></ruby>の<ruby>上映<rt>じょうえい</rt></ruby>は<ruby>何時<rt>なんじ</rt></ruby>ですか。
tsugi no jooee wa nanji desuka

幾分前可以進場？
<ruby>何分前<rt>なんぶんまえ</rt></ruby>から<ruby>入<rt>はい</rt></ruby>れますか。
nanpun-mae kara hairemasuka

芭蕾舞幾點開演？
バレエの<ruby>上演<rt>じょうえん</rt></ruby>は<ruby>何時<rt>なんじ</rt></ruby>ですか。
baree no jooen wa nanji desuka

中間有休息嗎？
<ruby>休憩<rt>きゅうけい</rt></ruby>はありますか。
kyuukee wa arimasuka

裡面可以喝果汁飲料嗎？
<ruby>中<rt>なか</rt></ruby>でジュースを<ruby>飲<rt>の</rt></ruby>んでもいいですか。
naka de juusu o nondemo ii desuka

我想買預售票。

前売り券が買いたいです。
maeuriken ga kaitai desu

每週三是女士優惠日。

毎週水曜日はレディースデーです。
maishuu suiyoobi wa rediisu-dee desu

全部都是對號座。

全席指定です。
zenseki shitee desu

星期五的首映場比較便宜。

金曜日の初回上映は安くなります。
kin'yoobi no shokai jooee wa yasuku narimasu

句型 _____ 多少？

数量＋いくらですか。
ikura desuka

替換單字

一小時
1 時間 ichijikan

一個人
1人 hitori

30 分鐘
３０分 sanjuppun

小孩／一個人	果汁／一瓶
子ども／1人 kodomo　hitori	ジュース／一つ juusu　hitotsu

去唱卡拉 OK 吧！
カラオケに行きましょう。
karaoke ni ikimashoo

基本消費多少？
基本 料金はいくらですか。
kihon-ryookin wa ikura desuka

可以延長嗎？
延長はできますか。
enchoo wa dekimasuka

遙控器如何使用？
リモコンはどうやって使うんですか。
rimokon wa dooyatte tsukaun desuka

有什麼歌曲？
どんな曲がありますか。
donna kyoku ga arimasuka

我唱鄧麗君的歌。
私は、テレサ・テンを歌います。
watashi wa teresa-ten o utaimasu

我想唱 SMAP 的歌。
SMAP の歌を歌いたいです。
sumappu no uta o utai tai desu

一起唱吧！
一緒に歌いましょう。
issho ni utaimashoo

接下來唱什麼歌？
次はなににしますか。
tsugi wa nani ni shimasuka

我好喜歡周杰倫喔～！
私、ジェイ・チョウ好きなんですよ～。
watashi, jei choo sukinan desuyo

行前準備

正式起飛

旅宿時光

味蕾「趣」

私房路線

遊玩空間

血拚購物

看見日本

突發狀況

句型 ＿＿＿ 的 ＿＿＿ 如何？

時間＋の＋名詞はどうですか。
no　　　　wa doo desuka

替換單字

今年／運勢
今年／運勢
kotoshi　unsee

明年／財運	這個月／工作運
来年／金銭運	今月／仕事運
rainen　kinsen-un	kongetsu　shigoto-un

這星期／愛情運勢	下星期／愛情運
今週／愛情運	来週／恋愛運
konshuu　aijoo-un	raishuu　ren'ai-un

我出生於 1972 年 9 月 18 日。
1972年9月18日生まれです。
sen kyuuhyaku nanajuu ni nen kugatu juuhachinichi umare desu

請幫我看看和男朋友合不合。
恋人との相性を見てください。
koibito to no aishoo o mite kudasai

可以買護身符嗎？
お守りを買えますか。
omamori o kaemasuka

問題能解決嗎？
問題は解決しますか。
mondai wa kaiketsushimasuka

可能結婚嗎？
結婚できるでしょうか。
kekkon dekiru deshooka

什麼時候會遇到白馬王子（白雪公主）？
いつ相手が現れますか。
itsu aite ga arawaremasuka

我是雞年生的。
私は酉年です。
watashi wa toridoshi desu

幾歲犯太歲？
厄年は何歳ですか。
yakudoshi wa nansai desuka

今天有巨人的比賽嗎？
今日は巨人の試合がありますか。
kyoo wa kyojin no shiai ga arimasuka

哪兩隊的比賽？
どこ対どこの試合ですか。
doko tai doko no shiai desuka

請給我兩張靠近一壘區的座位。
1塁側の席を2枚ください。
ichirui-gawa no seki o nimai kudasai

可以坐這裡嗎？
ここに座ってもいいですか。
koko ni suwattemo ii desuka

請簽名。
サインをください。
sain o kudasai

你知道那位選手嗎？
あの選手を知っていますか。
ano senshu o shitte imasuka

他很有人氣嘛！
彼は、人気がありますね。
kare wa, ninki ga arimasune

啊！全壘打！
あ、ホームランになりました。
a, hoomuran ni narimashita

行前準備

正式起飛

旅宿時光

味蕾「趣」

私房路線

遊玩空間

血拼購物

看見日本

突發狀況

相關單字	棒球場 や きゅうじょう **野球場** yakyuujoo
夜間棒球賽 **ナイター** naitaa	投手 **ピッチャー** picchaa
捕手 **キャッチャー** kyacchaa	打者 **バッター** battaa
盗壘 とうるい **盗塁** toorui	全壘打 **ホームラン** hoomuran
三振 さんしん **三振** sanshin	教練 **コーチ** koochi

私の旅行小趣事 ...

居酒屋 TRACK25 ⊙

行前準備

正式起飛

旅宿時光

味蕾「趣」

私房路線

遊玩空間

血拼購物

看見日本

突發狀況

句型 附近有 _____ 嗎？

近くに＋**場所**＋はありますか。
chikaku ni　　　　　　　　wa arimasuka

替換單字

酒吧	夜店
バー	ナイトクラブ
baa	naito-kurabu

爵士酒吧	酒店	一杯小酒店	居酒屋
ジャズクラブ	クラブ	一杯飲み屋	居酒屋
jazu-kurabu	kurabu	ippai nomiya	izakaya

日式傳統料理店	壽司店
料亭	すし屋
ryootee	sushi-ya

路邊攤	啤酒屋
屋台	ビヤホール
yatai	biyahooru

句型 給我 _____ 。

名詞＋をください。
o kudasai

替換單字

雞尾酒	啤酒
カクテル	ビール
kakuteru	biiru

紅葡萄酒	白葡萄酒	日本清酒	威士忌
赤ワイン	白ワイン	日本酒	ウイスキー
aka-wain	shiro-wain	nihon-shu	uisukii

白蘭地	香濱
ブランデー	シャンパン
burandee	shanpan

薑汁汽水	小酒菜
ジンジャーエール	おつまみ
jinjaaeeru	otsumami

女性要 2000 日圓。
女性は 2,000 円です。
じょせい　にせん　えん
josee wa nisen-en desu

音樂不錯呢！
音楽がいいですね。
おんがく
ongaku ga ii desune

點菜可以點到幾點？
ラストオーダーは何時ですか。
なんじ
rasuto-oodaa wa nanji desuka

喜歡聽爵士樂。
ジャズを聴くのが好きです。
き　　　　　す
jazu o kiku no ga suki desu

演奏什麼曲子？
どんな曲をやっていますか。
きょく
donna kyoku o yatte imasuka

喝杯啤酒吧！
ビールを飲みましょう。
の
biiru o nomimashoo

來吧！乾杯！
乾杯しましょう。
かんぱい
kanpai shimashoo

喝葡萄酒吧！
ワインを飲みましょうか。
の
wain o nomimashooka

要什麼下酒菜？
おつまみは何がいいですか。
なに
otsumami wa nani ga ii desuka

汽ホプ

單元　尋找款式
試穿
問題・要求
結帳

購物血拚篇─非入手不可的清單

お買い物を楽しもう

句型 在找 ＿＿＿＿＿。

衣服＋を探^{さが}しています。
o sagashite imasu

替換單字

	西裝、套裝 **スーツ** suutsu
連身裙 **ワンピース** wanpiisu	裙子 **スカート** sukaato
褲子 **ズボン** zubon	牛仔褲 **ジーンズ** jiinzu
T恤 **Tシャツ** tii shatsu	輕便襯衫 **カジュアルなシャツ** kajuaru na shatsu
Polo 襯衫 **ポロシャツ** poro-shatsu	女用襯衫 **ブラウス** burausu
毛衣 **セーター** seetaa	夾克 **ジャケット** jaketto
外套 **コート** kooto	內衣 **下着** したぎ shitagi
泳衣 **水着** みずぎ mizugi	背心 **ベスト** besuto

| 領帶
ネクタイ
nekutai | 帽子
帽子
booshi |
| 襪子
ソックス
sokkusu | 太陽眼鏡
サングラス
san-gurasu |

婦女服飾賣場在哪裡？
婦人服売り場はどこですか。
fujinfuku uriba wa doko desuka

這個如何？
こちらはいかがですか。
kochira wa ikaga desuka

這條褲子如何？
このズボンはどうですか。
kono zubon wa doo desuka

有大號的嗎？
大きいサイズはありますか。
ookii saizu wa arimasuka

想要棉製品的。
綿のがほしいです。
men no ga hoshii desu

可以用洗衣機洗嗎？
洗濯機で洗えますか。
sentakuki de araemasuka

蠻耐穿的樣子嘛！
丈夫そうですね。
joobu soo desune

顏色不錯嘛！
いい色ですね。
ii iro desune

請問您在找什麼商品嗎？
何をお探しですか。
nani o osagashi desuka

行前準備

正式起飛

旅宿時光

味蕾「趣」

私房路線

遊玩空間

血拚購物

看見日本

突發狀況

我只是看一看。

見ているだけです。
miteiru dake desu

歡迎慢慢選購。

ごゆっくりどうぞ。
goyukkuri doozo

超好用單字表：月份

一月 いちがつ **1月** ichigatsu	二月 にがつ **2月** nigatsu

三月 さんがつ **3月** sangatsu	四月 しがつ **4月** shigatsu	五月 ごがつ **5月** gogatsu	六月 ろく **6月** rokugatsu
七月 しちがつ **7月** shichigatsu	八月 はちがつ **8月** hachigatsu	九月 くがつ **9月** kugatsu	十月 じゅうがつ **10月** juugatsu

十一月 じゅういちがつ **11月** juuichigatsu	十二月 じゅうにがつ **12月** juunigatsu

私の旅行小趣事 ...

句型 可以 _____ 嗎？

動詞＋もいいですか。
mo ii desuka

替換單字

試穿
試着して
しちゃく
shichakushite

摸	套套看
触って
さわ
sawatte	ちょっとはおって
chotto haotte

戴戴看	配戴看看
かぶってみて
kabutte mite	つけてみて
tsukete mite

那個讓我看一下。
それを見せてください。
み
sore o misete kudasai

有點小呢！
ちょっと小さいですね。
ちい
chotto chiisai desune

有沒有白色的？
白いのはありませんか。
しろ
shiroi no wa arimasenka

這是麻嗎？
これは麻ですか。
あさ
kore wa asa desuka

需要乾洗嗎？
洗濯はドライですか。
せんたく
sentaku wa dorai desuka

我要紅的。
赤いのがほしいです。
あか
akai no ga hoshii desu

行前準備

正式起飛

旅宿時光

味蕾「趣」

私房路線

遊玩空間

血拼購物

看見日本

突發狀況

太花俏了。
ちょっと派手ですね。
chotto hade desune

有沒有再柔軟一些的？
もう少し柔らかいのはないですか。
moo sukoshi yawarakai no wa nai desuka

那個也讓我看看。
そちらも見せてください。
sochira mo mi！sete kudasai

啊呀！這個不錯嘛！
ああ、これはいいですね。
aa, kore wa ii desune

我喜歡。
気に入りました。
kiniirimashita

有點長。
ちょっと長いです。
chotto nagai desu

長度可以改短一點嗎？
丈をつめられますか。
take o tsumeraremasuka

顏色不錯呢！
色がいいですね。
iro ga ii desune

非常喜歡。
とても気に入りました。
totemo kiniirimashita

我要這個。
これにします。
kore ni shimasu

我決定要買了。
決めました。
kimemashita

我買這個。
これをいただきます。
kore o itadakimasu

行前準備

正式起飛

旅宿時光

味蕾「趣」

私房路線

遊玩空間

血拼購物

看見日本

突發狀況

請給我紅色的。

赤いほうをください。
あか
akai hoo o kudasai

請幫我改一下袖子的長度。

袖の長さを直してほしいです。
そで　　　なが　　　　なお
sode no nagasa o naoshite hoshii desu

相關單字

白色 しろ 白 shiro	黑色 くろ 黒 kuro

紅色 あか 赤 aka	藍色 あお 青 ao	綠色 みどり 緑 midori	黃色 き いろ 黄色 kiiro

褐色 ちゃ いろ 茶色 chairo		灰色 グレー guree	粉紅色 ピンク pinku

橘黃色 いろ オレンジ色 orenji-iro	紫色 むらさき 紫 murasaki	水藍色 みず いろ 水色 mizuiro	素面、素色 む じ 無地 muji

直條紋 ストライプ sutoraipu	點點花樣 みずたま 水玉 mizutama	格紋 チェック chekku	花朵圖案 はな も よう 花模様 hana-moyoo

私の旅行小趣事 ...

句型　想要 _____。

鞋子＋がほしいです。
ga hoshii desu

替換單字

	休閒鞋、球鞋 **スニーカー** suniikaa
涼鞋 **サンダル** sandaru	無帶淺口有跟女鞋 **パンプス** panpusu
無後跟的女鞋 **ミュール** myuuru	高跟鞋 **ハイヒール** haihiiru

靴子 **ブーツ** buutsu	短馬靴 **ショートブーツ** shooto-buutsu	網球鞋 **テニスシューズ** tenisu-shuuzu

登山鞋 **トレッキングシューズ** torekkingu-shuuzu		木屐 **下駄**（げた） geta

句型　太 _____。

形容詞＋すぎます。
sugimasu

替換單字

大 おお **大き** ooki	小 ちい **小さ** chiisa

長 なが **長** naga	短 みじか **短** mijika
緊 **きつ** kitsu	鬆 **ゆる** yuru
高 たか **高** taka	低 ひく **低** hiku

```
○ ○ ○ ○ ○ ○ ○ ○ ○ ○

私の旅行小趣事...

_____

_____

_____

_____

_____

_____
```

行前準備

正式起飛

旅宿時光

味蕾「趣」

私房路線

遊玩空間

血拼購物

看見日本

突發狀況

句型 我要 _____ 的。

形容詞（の、なの）＋がいいです。
no　na no　　　　ga ii desu

替換單字

牢固、堅固
丈夫
joobu

白色
白い
shiroi

鞋跟很高
ヒールが高い
hiiru ga takai

有點緊。
ちょっときついです。
chotto kitsui desu

最受歡迎的是哪一雙？
一番人気なのはどれですか。
ichiban ninki nano wa dore desuka

請給我這一雙。
これをください。
kore o kudasai

這是現在流行的款式。
これが今はやりです。
kore ga ima hayari desu

蠻好走路的。
歩きやすいですね。
aruki yasui desune

鞋跟太高了。
ヒールが高すぎます。
hiiru ga taka sugimasu

可以用鞋帶調整。
ひもで調整できます。
himo de choosee dekimasu

我決定買這一雙。
これに決めました。
kore ni kimemashita

句型 給我 _____ 。

數量＋ください。
kudasai

替換單字

一個 **一つ** ひと hitotsu	一張 **1枚** いちまい ichimai
一條 **1本** いっぽん ippon	一個 **1個** いっこ ikko	一台 **1台** いちだい ichidai	一本（書） **1冊** いっさつ issatsu

有沒有適合送人的名產？
おみやげにいいのはありますか。
omiyage ni ii no wa arimasuka

哪一個較受歡迎？
どれが人気ありますか。
にんき
dore ga ninki arimasuka

有招財貓嗎？
招き猫はありますか。
まね ねこ
manekineko wa arimasuka

給我同樣的東西8個。
同じものを八つください。
おな やっ
onaji mono o yattsu kudasai

請分開包裝。
別々に包んでください。
べつべつ つつ
betsubetsu ni tsutsunde kudasai

請包漂亮一點。
きれいに包んでください。
つつ
kiree ni tsutsunde kudasai

你認為哪個好呢？
どれがいいと思いますか。
おも
dore ga ii to omoimasuka

這點心看起來很好吃。
このお菓子はおいしそうです。
かし
kono okashi wa oishi soo desu

請給我這日式饅頭。
この饅頭をください。
まんじゅう
kono manjuu o kudasai

句型 請 _____ 。

形容詞＋してください。
shite kudasai

替換單字

便宜 安く yasuku	快 早く hayaku

（弄）小 小さく chiisaku	（弄）好提 持ちやすく mochi yasuku

（弄）漂亮 きれいに kiree ni	再便宜一些 もう少し安く moo sukoshi yasuku

太貴了。
高すぎます。
takasugimasu

2000日圓就買。
2,000円なら買います。
nisen-en nara kaimasu

最好是1萬日圓以內的東西。
1万円以内の物がいいです。
ichiman-en inai no mono ga ii desu

那麼就不需要了。
それでは、いりません。
soredewa, irimasen

可以打一些折扣嗎？
少しまけてもらえませんか。
sukoshi makete moraemasenka

貴了一些。
ちょっと高いですね。
chotto takai desune

預算不足。
予算が足りません。
yosan ga tarimasen

我會再來。
また来ます。
mata kimasu

有任何需要服務的地方，請吩咐我一聲。
何かありましたらお声がけください。
nanika arimashitara okoegake kudasai

我想買 Mac 的記憶卡。
マックのメモリがほしいんですが。
makku no memori ga hoshiin desuga

請問數位相機的販售區在哪裡？
デジカメはどちらでしょう。
dejikame wa dochira deshoo

這邊是新上市的產品。
こちらは新発売の商品です。
kochira wa shinhatsubai no shoohin desu

目前打八折。
ただ今、20 ％ 引きになっております。
tada ima, nijuppaasento-biki ni natte orimasu

可以請您詳細說明功能等等細節嗎？
機能とか詳しく説明してもらえますか。
kinoo toka kuwashiku setsumeeshite moraemasuka

這件商品目前沒貨了。
こちらはただ今在庫がございません。
kochira wa tada ima zaiko ga gozaimasen

可以為您訂貨。
お取り寄せになります。
otoriyose ni narimasu

行前準備
正式起飛
旅宿時光
味蕾「趣」
私房路線
遊玩空間
血拚購物
看見日本
突發狀況

請問大概要多久才能到貨？

どのくらいかかりますか。
dono kurai kakarimasuka

大概要一星期左右。

いっしゅうかん
1週間くらいです。
isshuukan kurai desu

請問這個在台灣也可以使用嗎？（購買電氣產品時）

たいわん　つか
これは台湾でも使えますか。
kore wa taiwan demo tsukaemasuka

沒有問題。

だいじょう ぶ
大丈夫です。
daijoobu desu

無法在台灣使用。

たいおう
対応しておりません。
taiooshite orimasen

請問這個拿到台灣也可以播放影片嗎？

たいわん　み
これは台湾でも見られますか。
kore wa taiwan demo miraremasuka

不好意思，我不曉得在日本的對應尺碼。

にほん　　　　　　　　わ
すみません、日本のサイズが分かりません。
sumimasen, nihon no saizu ga wakarimasen

請問有沒有推薦給乾燥肌膚使用的產品呢？

かんそうはだ
乾燥肌にはどれがおすすめですか。
kansoohada ni wa dore ga osusume desuka

您穿起來真好看！（服飾店店員稱讚客人）
よくお似合いですよ。
yoku oniai desuyo

哇，好漂亮呀！（服飾店店員稱讚客人）
わあ、素敵ですよ。
waa, suteki desuyo

請問是自用嗎？
ご自宅用ですか。
gojitaku-yoo desuka

請問只有這些顏色嗎？
色はこれだけですか。
iro wa kore dake desuka

不好意思，所有的商品都在陳列架上了
すみません、出ているだけになります。
sumimasen, dete iru dake ni narimasu

這是特價品。
こちらはサービス品です。
kochira wa saabisuhin desu

今天這邊的○○有優惠價。
本日はこちらの○○がお買い得となっております。
honjitsu wa kochira no ○○ ga okaidoku to natte orimasu

請恕無法退換貨，可以嗎？
返品・お取り替えはできませんが、よろしいですか。
henpin otorikae wa dekimasenga, yoroshii desuka

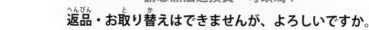

行前準備
正式起飛
旅宿時光
味蕾「趣」
私房路線
遊玩空間
血拼購物
看見日本
突發狀況

退換貨請於一週內辦理。

返品・お取り替えは 1 週間以内にお願いします。

henpin otorikae wa isshuukan inai ni onegai shimasu

現在，所有的商品一律打八折。

ただ今、全品 2 割引です。

tada ima, zenpin niwari-biki desu

若於今天購買，可附贈○○。

今日、お買い上げいただきますと、○○をお付けします。

kyoo, okaiage itadakimasuto, ○○ o otsuke shimasu

歡迎再度光臨。

またお越しくださいませ。

mata okoshi kudasaimase

請問有效日期是什麼時候？

賞味期限はいつですか。

shoomi kigen wa itsu desuka

常溫下可保存一星期，放入冷凍庫可保存一個月。

常温で 1 週間、冷凍で 1 ヶ月です。

jooon de isshuukan, reetoo de ikkagetsu desu

需要冷藏嗎？

冷蔵ですか。

reezoo desuka

請問保冷袋是多少錢呢？

保冷袋はいくらですか。

horee-bukuro wa ikura desuka

請問大概會在外面停留多久呢？
お持ち歩きのお時間は。
omochiaruki no ojikan wa

今天購買這種「富士」（蜜蘋果）有優惠價喔！
本日は、こちらの「ふじ」がお買い得ですよ。
honjitsu wa, kochira no "fuji" ga okaidoku desuyo

哦，是這個啊？
ああ、これですか。
aa, kore desuka

不但汁多，還有蜜腺，非常香甜喔！
果汁も多く、蜜入りでとても甘いですよ。
kajuu mo ooku, mitsuiri de totemo amai desuyo

而且香氣十足喔！
香りもいいですよ。
kaori mo ii desuyo

請問嚐起來味道如何？
味はどうですか。
aji wa doo desuka

很好吃喔！
おいしいですよ。
oishii desuyo

甜中帶酸，還富含維他命C喔！
甘酸っぱくて、ビタミンCもたっぷりですよ。
amazuppakute, bitamin shii mo tappuri desuyo

行前準備
正式起飛
旅宿時光
味蕾「趣」
私房路線
遊玩空間
血拼購物
看見日本
突發狀況

那麼，請給我兩顆。

じゃあ、これ2つください。

jaa, kore futatsu kudasai

感謝惠顧！

毎度ありがとうございます。

maido arigaoo gozaimasu

請問有止癢的藥嗎？

かゆみ止めの薬はありますか。

kayumidome no kusuri wa arimasuka

請問正露丸擺在哪裡呢？

正露丸はどこですか。

seerogan wa doko desuka

在這裡。

こちらにございます。

kochira ni gozaimasu

請問這個和這個有什麼不同呢？

これとこれは何が違うんですか。

kore to kore wa nani ga chigaun desuka

成分和效用幾乎相同。

成分と効き目はほとんど同じです。

seebun to kikime wa hotondo onaji desu

製造藥廠不同。

作っている会社が違います。

tsukutte iru kaisha ga chigaimasu

請問有沒有推薦的感冒藥呢？
風邪には何がおすすめですか。
kaze ni wa nàni ga osusume desuka

有藥水或膠囊等種類的劑型。
液体やカプセルなどがございます。
ekitai ya kapuseru nado ga gozaimasu

如果沒有發燒，那麼推薦這一種。
熱がないなら、こちらがおすすめです。
netsu ga nainara, kochira ga osusume desu

請問這種藥有沒有副作用呢？
この薬には、副作用はありますか。
kono kusuri ni wa, fukusayoo wa arimasuka

即使會導致嗜睡也沒關係。(欲購買感冒藥時)
眠くなってもいいです。
nemuku nattemo ii desu

請問該怎麼服用呢？
どのように飲めばよいですか。
dono yooni nomeba yoi desuka

請先搖晃均勻之後再喝。
よく振ってから飲んでください。
yoku futte kara nonde kudasai

請兌上一杯開水或熱開水喝下去。
コップ1杯の水かお湯で飲んでください。
koppu ippai no mizu ka oyu de nonde kudasai

行前準備

正式起飛

旅宿時光

味蕾「趣」

私房路線

遊玩空間

血拚購物

看見日本

突發狀況

服用的方法寫在這裡。

服用方法はここに書いてあります。

fukuyoo hoohoo wa koko ni kaite arimasu

請問免稅手續該到哪裡辦理呢？

免税の手続きはどこに行ったらいいですか。

menzee no tetsuzuki wa doko ni ittara ii desuka

麻煩我想辦理免稅手續。

免税の手続きをお願いします。

menzee no tetsuzuki o onegai shimasu

請出示護照和回程的登機證。

パスポートとお帰りの搭乗券をご提示ください。

pasupooto to okaeri no toojooken o goteeji kudasai

請給我八個分裝的小袋子。

小分け袋を8枚ください。

kowakebukuro o hachimai kudasai

超好用單字表：星期		

		星期日 にちようび **日曜日** nichiyoobi	星期一 げつようび **月曜日** getsuyoobi
星期二 かようび **火曜日** kayoobi	星期三 すいようび **水曜日** suiyoobi	星期四 もくようび **木曜日** mokuyoobi	星期五 きんようび **金曜日** kin'yoobi
星期六 どようび **土曜日** doyoobi		星期幾 なんようび **何曜日** nan'yoobi	

句型

Q：お支払いはどうなさいますか。　要如何付款？
oshiharai wa doo nasaimasuka

A：<u>名詞</u>＋でお願いします。　麻煩我用 ＿＿＿。
de onegai shimasu

替換單字

卡片、信用卡	現金
カード	現金
kaado	genkin

旅行支票	這個
トラベラーズチェック	これ
toraberaazu-chekku	kore

句型

Q：お支払い回数は？　要分幾次付款？
oshiharai kaisuu wa

A：<u>次數</u>＋です。　＿＿＿。
desu

替換單字

一次	一次付清
1回	一括
ikkai	ikkatsu

六次	十二次
6回	12回
rokkai	juunikai

行前準備
正式起飛
旅宿時光
味蕾「趣」
私房路線
遊玩空間
血拼購物
看見日本
突發狀況

在哪裡結帳？
レジはどこですか。
reji wa doko desuka

請在這裡簽名。
ここにサインをお願いします。
koko ni sain o onegai shimasu

在這裡簽名嗎？
サインは、ここですか。
sain wa koko desuka

能用這張信用卡嗎？
このカードは使えますか。
kono kaado wa tsukaemasuka

這樣可以嗎？
これでいいですか。
kore de ii desuka

筆在哪裡？
ペンはどこですか。
pen wa doko desuka

請幫我包裝成禮物。
プレゼント用に包んでください。
purezento-yoo ni tsutsunde kudasai

請問可以用信用卡支付嗎？
クレジットカードは使えますか。
kurejittokaado wa tsukaemasuka

不好意思，只收現金。
すみませんが現金だけです。
sumimasenga genkin dake desu

捌 8

看見日本，旅人的一百種感動

心あたたまる日本への旅

句型　我喜歡日本的 ＿＿＿＿。

日本の＋名詞＋が好きです。
にほん　　　　　　　　　す
nihon no　　　　　　　　ga suki desu

替換單字

慶典 お祭り omatsuri	庭園 ていえん 庭園 teeen

漫畫 まんが 漫画 manga	文化 ぶんか 文化 bunka	習慣 しゅうかん 習慣 shuukan	連續劇 ドラマ dorama
和服 きもの 着物 kimono	茶道 さどう 茶道 sadoo	花道 かどう 華道 kadoo	歌 うた 歌 uta

句型　對日本的 ＿＿＿＿ 有興趣。

日本の＋名詞＋に興味があります。
にほん　　　　　　　　　　きょうみ
nihon no　　　　　　　　ni kyoomi ga arimasu

替換單字

	文化 ぶんか 文化 bunka
經濟 けいざい 経済 keezai	藝術 げいじゅつ 芸術 geejutsu

行前準備
正式起飛
旅宿時光
味蕾「趣」
私房路線
遊玩空間
血拚購物
看見日本
突發狀況

歷史 **歷史** rekishi	運動 **スポーツ** supootsu	繪畫 **絵画** kaiga
陶、瓷器 **焼き物** yakimono		自然 **自然** shizen
植物 **植物** shokubutsu		戲劇 **演劇** engeki

句型 在 ＿＿＿＿ 有慶典。

場所＋で＋慶典＋があります。
de　　　　　　ga arimasu

替換單字

德島／阿波舞 **徳島／阿波踊り** tokushima　awa-odori

東京／神田祭 **東京／神田祭り** tookyoo kanda-matsuri	札幌／雪祭 **札幌／雪祭り** sapporo　yuki-matsuri
青森／睡魔祭 **青森／ねぶた祭り** aomori　nebuta-matsuri	京都／祇園祭 **京都／祇園祭り** kyooto　gion-matsuri
秋田／燈籠祭 **秋田／竿燈祭り** akita　kantoo-matsuri	博多／天神祭 **博多／どんたく** hakata　dontaku

147

文化觀禮

仙台／七夕祭
仙台／七夕祭り
sendai　tanabata-matsuri

大阪／天神祭
大阪／だんじり祭り
oosaka　danjiri-matsuri

兵庫／打架祭
兵庫／けんか祭り
hyoogo　kenka-matsuri

是什麼樣的慶典？
どんな祭りですか。
donna matsuri desuka

什麼時候舉行？
いつありますか。
itsu arimasuka

怎麼去？
どうやって行きますか。
dooyatte ikimasuka

哪個祭典有趣？
どの祭りが面白いですか。
dono matsuri ga omoshiroi desuka

有什麼節目？
何が見られますか。
nani ga miraremasuka

任何人都能參加嗎？
誰でも参加できますか。
dare demo sanka dekimasuka

漂亮嗎？
きれいですか。
kiree desuka

想去看看。
見に行きたいです。
mi ni ikitai desu

想去。
行ってみたいです。
itte mitai desu

一起去吧！
一緒に行きましょう。
issho ni ikimashoo

明年再一起去吧！
来年は行きましょうね。
rainen wa ikimashoone

市容很乾淨呢！
町がきれいですね。
machi ga kiree desune

空氣很好呢！
空気がいいですね。
kuuki ga ii desune

庭院的花很可愛呢！
庭の花がかわいいですね。
niwa no hana ga kawaii desune

人很親切呢！
人が親切ですね。
hito ga shinsetsu desune

年輕人很時髦呢！
若者がおしゃれですね。
wakamono ga oshare desune

街道好乾淨喔！
道が清潔ですね。
michi ga seeketsu desune

老年人好親切喔！
老人が優しいですね。
roojin ga yasashii desune

大家都好認真喔！
みんな真面目ですね。
minna majime desune

女性身材都好棒喔！
女性はスタイルがいいですね。
josee wa sutairu ga ii desune

穿著真有品味！
ファッションがすてきですね。
fasshon ga suteki desune

行前準備

正式起飛

旅宿時光

味蕾「趣」

私房路線

遊玩空間

血拚購物

看見日本

突發狀況

男人看起來很溫柔喔！
男性が優しそうですね。
dansee ga yasashi soo desune

小孩們很有精神喔！
こどもたちは元気ですね。
kodomo-tachi wa genki desune

街道好熱鬧喔！
街が賑やかですね。
machi ga nigiyaka desune

相關單字

山 やま **山** yama	海 うみ **海** umi

河川 かわ **川** kawa	湖 みずうみ **湖** mizuumi	瀑布 たき **滝** taki	田園 でんえん **田園** den'en
草原 そうげん **草原** soogen	港口 みなと **港** minato	神社 じんじゃ **神社** jinja	城 しろ **城** shiro

私の旅行小趣事 ...

玖 9

單元

病痛症狀
就醫
遺失招竊

突發狀況，不怕一萬只怕萬一

旅行で気をつけること

句型

Q：どうしましたか？ 怎麼了？
doo shimashitaka

A：症狀＋がします。 感到 _____ 。
ga shimasu

替換單字

（想）吐	發冷
吐き気	**寒気**
はけ	さむけ
hakike	samuke

頭暈	頭疼	耳鳴
目まい	**頭痛**	**耳鳴り**
め	ず つう	みみ な
memai	zutsuu	miminari

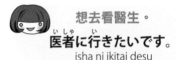

想去看醫生。
医者に行きたいです。
いしゃ い
isha ni ikitai desu

請叫醫生來。
医者を呼んでください。
いしゃ よ
isha o yonde kudasai

請叫救護車。
救急車を呼んでください。
きゅうきゅうしゃ よ
kyuukyuusha o yonde kudasai

醫院在哪裡？
病院はどこですか。
びょういん
byooin wa doko desuka

診療時間是幾點到幾點？
診察時間は何時から何時までですか。
しんさつ じ かん なん じ なん じ
shinsatsu-jikan wa nanji kara nanji made desuka

身體不舒服。
気分が悪いです。
kibun ga warui desu

朋友倒下去了。
友だちが倒れました。
tomodachi ga taoremashita

我有發燒。
熱があります。
netsu ga arimasu

醫生在哪裡？
お医者さんはどこですか。
oisha-san wa doko desuka

相關單字

感冒 風邪 kaze	心臟病 心臓病 shinzoobyoo

高血壓 高血圧 koo-ketsuatsu	糖尿病 糖尿病 toonyoobyoo	胃潰瘍 胃潰瘍 ikaiyoo	肺炎 肺炎 haien

花粉症 花粉症 kafunshoo	流行性感冒 インフルエンザ infuruenza

氣喘 ぜんそく zensoku	盲腸炎 盲腸（虫垂炎） moochoo(chuusuien)	過敏 アレルギー arerugii

骨折 骨折 kossetsu	挫傷 ねんざ nenza	便秘 便秘 benpi

行前準備
正式起飛
旅宿時光
味蕾「趣」
私房路線
遊玩空間
血拼購物
看見日本
突發狀況

句型 ＿＿＿痛。

身體＋が痛いです。
ga itai desu

替換單字

頭 **頭** atama

肚子 **おなか** onaka	腳 **足** ashi

腰部 **腰** koshi	喉嚨 **のど** nodo

會咳嗽。
咳が出ます。
seki ga demasu

不舒服。
気持ちが悪いです。
kimochi ga warui desu

感冒了。
風邪を引きました。
kaze o hikimashita

打嗝打個不停。
しゃっくりが止まりません。
shakkuri ga tomarimasen

拉肚子。
下痢をしています。
geri o shite imasu

沒有食慾。
食欲がありません。
shokuyoku ga arimasen

154

全身無力。
だるいです。
darui desu

發燒了。
熱_{ねつ}があります。
netsu ga arimasu

請躺下來。
横_{よこ}になってください。
yoko ni natte kudasai

請深呼吸。
深呼吸_{しんこきゅう}してください。
shinkokyuushite kudasai

這裡會痛嗎？
この辺_{へん}は痛_{いた}いですか。
kono hen wa itai desuka

食物中毒。
食_{しょく}あたりですね。
shokuatari desune

開藥方給你。
薬_{くすり}を出_だします。
kusuri o dashimasu

感覺如何？
気分_{きぶん}はどうですか。
kibun wa doo desuka

請張開嘴巴。
口_{くち}を開_あけてください。
kuchi o akete kudasai

請讓我看看眼睛。
目_めを見_みせてください。
me o misete kudasai

請把衣服脫掉。
服_{ふく}を脱_ぬいでください。
fuku o nuide kudasai

塗上藥膏。
薬_{くすり}を塗_ぬります。
kusuri o nurimasu

有投保海外旅行平安保險。
海外旅行保険_{かいがいりょこうほうけん}に入_{はい}っています。
kaigai ryokoo hoken ni haitte imasu

行前準備

正式起飛

旅宿時光

味蕾「趣」

私房路線

遊玩空間

血拚購物

看見日本

突發狀況

請出示您的健保卡，以便製作掛號證。

診察券を作りますので、保険証をお願いします。

shinsatsuken o tsukurimasu node, hokenshoo o onegai shimasu

我是外國人，沒有健保卡。

外国人なので、保険証はありません。

gaikokujinna node, hokenshoo wa arimasen

那麼，將需全額自費。

では、全額実費になります。

dewa, zengaku jippi ni narimasu

請先到候診室等候叫號。

お呼びするまで待合室でお待ちください。

oyobisuru made machiaishitsu de omachi kudasai

請問您哪裡不舒服呢？

どうなさいましたか。

doo nasaimashitaka

請問今天早上吃了什麼東西呢？

今朝何を食べましたか。

kesa nani o tabemashitaka

我來為您做胸部聽診。

胸の音を聞かせてください。

mune no oto o kikasete kudasai

請在那邊仰躺。

そこに仰向けに寝てください。

soko ni aomuke ni nete kudasai

我要做觸診喔。
ちょっと触りますよ。
chotto sawarimasuyo

請問您目前有沒有懷孕呢？
妊娠していませんか。
ninshinshite imasenka

請去留取尿液標本。
お小水を取ってきてください。
oshoosui o totte kite kudasai

我們來打針吧！
注射しましょう。
chuushashimashoo

現在要照Ｘ光。
レントゲンを撮ります。
rentogen o torimasu

請閉氣。
息を止めてください。
iki o tomete kudasai

請吃容易消化的食物。
消化のよいものを食べてください。
shooka no yoi mono o tabete kudasai

請問大約幾天可以痊癒呢？
何日ぐらいで治るでしょうか。
nannichi gurai de naoru deshooka

行前準備

正式起飛

旅宿時光

味蕾「趣」

私房路線

遊玩空間

血拼購物

看見日本

突發狀況

可以繼續旅行嗎？
旅行は続けられますか。
ryokoo wa tsuzukeraremasuka

今天還是留在旅館裡休息比較好喔！
今日はホテルで休んだほうがいいですよ。
kyoo wa hoteru de yasunda hoo ga ii desuyo

請不要過度勞累。
無理をなさらないようにしてください。
muri o nasaranai yooni shite kudasai

目前只做了應急的處治。
応急処置だけしておきます。
ookyuu shochi dake shiteokimasu

等您回國之後請務必就醫。
国に帰ったらまた医者に行ってください。
kuni ni kaettara mata isha ni itte kudasai

這是收據和處方箋。
こちらは領収書と処方箋です。
kochira wa ryooshuusho to shohoosen desu

請到對面的藥局領藥。
向かいの薬局で薬をもらってください。
mukai no yakkyoku de kusuri o moratte kudasai

相關單字

手肘 うで **腕** ude	眼睛 め **目** me

耳朵 みみ **耳** mimi	膝蓋 **ひざ** hiza	牙齒 は **歯** ha	好像發燒 ねつ **熱っぽい** netsuppoi

很疲倦 **だるい** darui	流鼻水 はなみず で **鼻水が出る** hanamizu ga deru

打噴嚏 で **くしゃみが出る** kushami ga deru	咳嗽 **せき** seki	腫脹 は **腫れる** hareru

汗 あせ **汗** ase	疼痛 いた **痛み** itami	痰 たん **痰** tan

一天請服三次藥。
くすり いちにちさんかい の
薬は1日3回飲んでください。
kusuri wa ichinichi sankai nonde kudasai

請在飯後服用。
しょくご の
食後に飲んでください。
shokugo ni nonde kudasai

請將這個軟膏塗抹在傷口上。
なんこう きず ぬ
この軟膏を傷に塗ってください。
kono nankoo o kizu ni nutte kudasai

會過敏嗎？
アレルギーはありますか。
arerugii wa arimasuka

發燒時吃這包個藥。
ねつ で の
熱が出たら飲んでください。
netsu ga detara nonde kudasai

行前準備

正式起飛

旅宿時光

味蕾「趣」

私房路線

遊玩空間

血拼購物

看見日本

突發狀況

這是漱口用藥。
これはうがい薬です。
kore wa ugai-gusuri desu

是抗生素。
抗生物質です。
koosee-busshitsu desu

早中晚都要吃藥。
朝、昼、晩に飲んでください。
asa, hiru, ban ni nonde kudasai

請在睡前吃藥。
寝る前に飲んでください。
neru mae ni nonde kudasai

請多保重。
お大事に。
odaiji ni

請開診斷書給我。
診断書をお願いします。
shindansho o onegai shimasu

最好是戴上口罩。
マスクをつけた方がいいです。
masuku o tsuketa hoo ga ii desu

我開三天份的藥。
薬を3日分出します。
kusuri o mikka-bun dashimasu

請不要泡澡。
お風呂に入らないでくださいね。
ofuro ni hairanaide kudasaine

句型 ＿＿＿＿ 不見了。

物品＋をなくしました。
o nakushimashita

替換單字

| 信用卡 |
| クレジットカード |
| kurejitto-kaado |

包包	月票 てい きけん	護照	相機
かばん	定期券	パスポート	カメラ
kaban	teeki-ken	pasupooto	kamera

房間鑰匙	萬用筆記本	行李箱
部屋の鍵 へ や かぎ	手帳 て ちょう	スーツケース
heya no kagi	techoo	suutsu-keesu

筆	機票 こうくうけん
ペン	航空券
pen	kookuuken

句型 把 ＿＿＿＿ 忘在 ＿＿＿＿ 了。

場所＋に＋物品＋を忘れました。
ni　　　　　　　o wasuremashita

替換單字

電車／行李
でんしゃ　に　もつ
電車／荷物
densha nimotsu

房間／鑰匙
へ　や　　かぎ
部屋／鍵
heya　kagi

計程車／電腦
タクシー／パソコン
takushii　　pasokon

公車／皮包
バス／バッグ
basu　baggu

飯店／名產
もの
ホテル／みやげ物
hoteru　miyagemono

餐廳／錢包
しょくどう　さい ふ
食堂／財布
shokudoo　saifu

保險箱／護照
きん こ
金庫／パスポート
kinko　pasupooto

句型　_____ 不見了。

物品＋をなくしました。
o nakushimashita

替換單字

錢包
さい ふ
財布
saifu

信用卡
クレジットカード
kurejitto-kaado

行李箱
スーツケース
suutsu-keesu

戒指
ゆび わ
指輪
yubiwa

金融卡
キャッシュカード
kyasshu-kaado

行前準備

正式起飛

旅宿時光

味蕾「趣」

私房路線

遊玩空間

血拼購物

看見日本

突發狀況

金錢 お金 okane	行李 荷物 nimotsu
項鍊 ネックレス nekkuresu	筆記型電腦 ノートパソコン nooto-pasokon
手錶 腕時計 ude-dokee	

句型 犯人是 ＿＿＿＿。

犯人は＋人＋です。
hannin wa　　　　desu

替換單字

矮個子的男性 背の低い男 se no hikui otoko	年輕男性 若い男 wakai otoko
	長髮的女性 髪の長い女 kami no nagai onna
帶著眼鏡的女性 めがねをかけた女 megane o kaketa onna	戴眼鏡的男人 めがねをかけた男 megane o kaketa otoko
四十到四十九歲的女人 四十代の女 yonjuu-dai no onna	年輕女性 若い女 wakai onna
瘦瘦的男性 痩せた男 yaseta otoko	胖的女人 太った女 futotta onna

163

戴著帽子的女人
帽子をかぶった女
booshi o kabutta onna

穿藍色西裝外套的男人
青い背広の男
aoi sebiro no otoko

有鬍子的男人
ひげのある男
hige no aru otoko

東西弄丟了。
落とし物をしました。
otoshimono o shimashita

是黑色包包。
黒いかばんです。
kuroi kaban desu

裡面有錢包和信用卡。
財布とカードが入っています。
saifu to kaado ga haitte imasu

希望能幫我打電話給發卡公司。
カード会社に電話してほしいです。
kaado gaisha ni denwashite hoshii desu

請填寫遺失表格。
紛失届けを書いてください。
funshitutodoke o kaite kudasai

怎麼辦好?
どうしたらいいでしょう。
doo shitara ii deshoo

錢全部被拿去了。
お金を全部取られました。
okane o zenbu toraremashita

護照不見了。
パスポートがありません。
pasupooto ga arimasen

大概有十萬日圓在裡面。

10万円ぐらい入っていました。

juuman-en gurai haitte imashita

找到了！找到了！

あった。あった。

atta. atta

有小偷！

泥棒！

doroboo

危險！

危ない！

fabunai

住手！

やめてください！

yamete kudasai

不必！

けっこうです！

kekkoo desu

救命啊！

助けて！

tasukete

請冷靜下來。

落ち着いて。

ochitsuite

您已經安全了喔！

もう大丈夫ですよ。

moo daijoobu desuyo

喂？警察局嗎？

もしもし、警察ですか。

moshimoshi, keesatsu desuka

行前準備

正式起飛

旅宿時光

味蕾「趣」

私房路線

遊玩空間

血拼購物

看見日本

突發狀況

遺失招竊

相關單字

身分證	警察
み ぶんしょうめいしょ	けいさつ
身分証明書	**警察**
mibun-shoomeesho	keesatsu

護照
パスポート
pasupooto

金融卡	聯絡
キャッシュカード	れんらく
kyasshu-kaado	**連絡**
	renraku

（提交給機關等）～單；～表	小偷
とど	どろぼう
届け	**泥棒**
todoke	doroboo

遺失	補發
ふんしつ	さいはっこう
紛失	**再発行**
funshitsu	sai-hakkoo

私の旅行小趣事 ...

超好用單字表：
節慶

成人儀式 せいじんしき **成人式** seejin-shiki	
綠色紀念日 **みどりの日** midori no hi	**盂蘭盆節** ぼん **お盆** o-bon
新年 しょうがつ **お正月** o-shoogatsu	**敬老節** けいろう ひ **敬老の日** keeroo no hi
憲法紀念日 けんぽう き ねん び **憲法記念日** kenpoo kinen-bi	**體育節** たいいく ひ **体育の日** taiiku no hi
神轎 お みこし **御神輿** o-mikoshi	**盛岡 SANSA 舞蹈** もりおか おど **盛岡さんさ踊り** morioka sansa-odori
草津溫泉節 くさつ おんせんまつ **草津温泉祭り** kusatsu onsen-matsuri	**江之島煙火大會** え しまはな び たいかい **江の島花火大会** enoshima hanabi-taikai

行前準備

正式起飛

旅宿時光

味蕾「趣」

私房路線

遊玩空間

血拼購物

看見日本

突發狀況

實用日語【15】

著　　　者──田中陽子、大山和佳子、林勝田

發 行 人──林德勝

出 版 者──山田社文化事業有限公司

地　　　址──臺北市大安區安和路一段112巷17號7樓

電　　　話──02-2755-7622

傳　　　真──02-2700-1887

郵政劃撥──19867160 號　大原文化事業有限公司

經 銷 商──聯合發行股份有限公司

地　　　址──新北市新店區寶橋路235巷6弄6號2樓

電　　　話──02-2917-8022

傳　　　真──02-2915-6275

印　　　刷──上鎰數位科技印刷有限公司

法律顧問──林長振法律事務所　林長振律師

初　　　版──2024年04月

書＋QR碼──新台幣320元

ISBN 978-986-246-822-7